dtv

Leonardo da Vinci verkörperte wie kein anderer das Renaissanceideal der Universalität. Der unverkennbare Stil seiner Malerei prägte die Künstler der nachfolgenden Epochen. Aber nur Maler zu sein reichte Leonardo nicht. Er entwarf Skulpturen, zeichnete Landkarten und fertigte Pläne für Kirchen, Paläste, Brücken und Kanäle. In zahlreichen Studien und Traktaten beschäftigte er sich mit wissenschaftlichen Fragen. Inspiriert vom Vogelflug entwickelte er Flugmaschinen für den Menschen, und um den Bau des menschlichen Körpers genauer untersuchen zu können, sezierte er Leichen und hielt seine Erkenntnisse in Skizzen fest, die ihn zum Begründer der modernen Anatomie machten.
Leonardos unzählige Manuskripte enthalten jedoch nicht nur Abhandlungen zu Wissenschaft und Kunst, er schrieb außerdem Fabeln, Legenden, Rätsel und vieles mehr. Eine Auswahl liegt hier in italienisch-deutschem Paralleldruck vor.

Leonardo da Vinci

Dai taccuini
Aus den Notizbüchern

Ausgewählt und übersetzt von
Isabella Maurer

Mit Abbildungen

Deutscher Taschenbuch Verlag

dtv zweisprachig
Begründet von Kristof Wachinger-Langewiesche

Originalausgabe/Neuübersetzung
1. Auflage September 2007
Deutscher Taschenbuch Verlag GmbH & Co. KG,
München
www.dtv.de zweisprachig@dtv.de

Umschlagkonzept: Balk & Brumshagen
Umschlagbild: Studien von Leonardo da Vinci (um 1510)
Satz: Greiner & Reichel, Köln
Druck und Bindung: Kösel, Krugzell
Gedruckt auf säurefreiem, chlorfrei gebleichtem Papier
Printed in Germany · ISBN 978-3-423-09470-2

Vita e opera

Leonardo nasce ad Anchiano, un piccolo paesino vicino a Vinci, in provincia di Firenze il 15 aprile 1452. È il figlio di un notaio benestante, ser Piero da Vinci, e di una contadina di nome Caterina. Poco dopo la madre va sposa a un contadino e lascia il figlio al padre naturale. Visto che questo non ha figli legittimi dai primi due matrimoni, il giovane Leonardo, nonostante sia figlio illegittimo, viene accolto nella casa paterna ed educato con affetto dalla matrigna Albera Amadori. Quando Leonardo ha sedici anni tutta la famiglia si trasferisce a Firenze, centro artistico e intellettuale dell'epoca. Dimostrando già segni di straordinarie capacità artistiche, Leonardo viene mandato come garzone nella bottega di Andrea Verrocchio, il più rinomato pittore del tempo e ottimo maestro, dove rimane fino al 1476 approfondendo la sua formazione artistica. Verrocchio è impressionato dal talento del suo allievo e lo fa collaborare a diverse sue opere. In quel periodo Leonardo si iscrive alla Compagnia di San Luca come pittore indipendente e dipinge la ‹Madonna del Garofano› e ‹L'Annunciazione› (1475). Più tardi apre anche una sua bottega. Nel 1481 riceve dal Monastero di San Donato a Scopeto di Firenze l'incarico per ‹l'Adorazione dei Magi›, che rimane incompiuta, insieme alla tavola con il San Girolamo. Firenze presto non offre più spazio alle ambizioni artistiche di Leonardo e quando viene informato che il suo nome non è fra quelli coin-

Leben und Werk

Leonardo wird am 15. April 1452 in Anchiano, einem kleinen Weiler nicht weit von Vinci, in der Provinz Florenz geboren. Er ist der Sohn eines wohlhabenden Notars, Ser Piero da Vinci, und einer Bäuerin namens Caterina. Die Mutter heiratet bald darauf einen Bauern und lässt Leonardo bei seinem Vater. Da dieser keine rechtmäßigen Söhne aus den ersten beiden Ehen hat, wird der junge Leonardo, obwohl er unehelich ist, im väterlichen Haushalt aufgenommen und liebevoll von der Stiefmutter Albera Amadori großgezogen. Im Alter von sechzehn Jahren zieht die ganze Familie nach Florenz, dem künstlerischen und intellektuellen Mittelpunkt jener Zeit. Da Leonardo schon früh zeigt, dass er außerordentlich künstlerisch begabt ist, schickt ihn der Vater in die Werkstätte von Andrea Verrocchio, dem bedeutendsten Künstler seiner Zeit und einem ausgezeichneten Lehrer. Leonardo bleibt bis 1476 bei ihm in der Lehre und vertieft so seine künstlerische Ausbildung. Verrocchio ist vom Talent seines Schülers beeindruckt und lässt ihn an einigen seiner Werke mitarbeiten. Zur gleichen Zeit schreibt sich Leonardo in der «Compagnia di San Luca» als selbstständiger Maler ein und malt die ‹Madonna mit der Nelke› und die ‹Verkündigung› (1475). Später eröffnet er auch seine eigene Werkstätte. Im Jahre 1481 erhält er vom Kloster San Donato a Scopeto in Florenz den Auftrag für die ‹Anbetung der Könige›, die er jedoch nicht fertigstellt genauso wie die Tafel mit dem heiligen Hieronymus. Bald kann Florenz Leonardos künstlerischen Ambitionen nicht genügend Freiraum bieten, und als er erfährt, dass sein Name nicht unter denen ist, die die

volti nella realizzazione della Cappella Sistina a Roma – forse perché si è sparsa la voce che lui è inaffidabile e non porta a termine le sue opere, forse a causa della sua omosessualità – è deluso e scrive una lettera a Ludovico Sforza, duca di Milano, in cui si qualifica come scultore, musicista, architetto e ingegnere militare.

Nel 1482 entra al servizio della corte del Duca di Milano ed inventa numerose macchine belliche e apparati per le feste della corte. Inoltre fa progetti di bonifica e lavora come consulente architettonico al cantiere del Duomo di Milano. Durante il soggiorno milanese dipinge anche alcuni dei suoi capolavori come la ‹Vergine delle Rocce› (1483) per l'Altare di San Francesco il Grande e ‹L'Ultima Cena› (1495–97) per il refettorio del convento domenicano di Santa Maria delle Grazie. Leonardo ama sperimentare nuove tecniche pittoriche, ma purtroppo l'idea di usare colori a olio su un intonaco asciutto si dimostra sbagliata e già tre anni dopo, i colori cominciano a staccarsi. Progetta un enorme monumento equestre in bronzo, alto più di sette metri, per Francesco Sforza, padre di Ludovico, da collocare nel cortile del Castello Sforzesco a Milano. La statua però non viene realizzata perché il bronzo serve alla costruzione di cannoni e il modello di creta viene distrutto nel 1499 quando i soldati francesi invadono Milano e costringono gli Sforza e Leonardo a fuggire.

Leonardo trova asilo prima a Mantova e poi a Venezia dove si occupa di questioni militari e difensive. Nell'aprile del 1500 torna a Firenze e poi co-

Sixtinische Kapelle in Rom ausmalen sollen – sei es weil es sich herumgesprochen hat, dass er nicht zuverlässig ist und seine Auftragsarbeiten nicht zu Ende bringt, sei es aufgrund seiner Homosexualität –, ist Leonardo enttäuscht. Daraufhin schreibt er einen Brief an Ludovico Sforza, den Herzog von Mailand, in dem er sich als Bildhauer, Musiker, Architekt und Militäringenieur anbietet.

Im Jahre 1482 tritt er in den Dienst des Herzogs von Mailand und erfindet zahlreiche Kriegsmaschinen sowie Vorrichtungen für die Feste bei Hof. Außerdem führt er Projekte zur Trockenlegung durch und arbeitet als architektonischer Berater an der Dombauhütte in Mailand mit. Während seines Mailänder Aufenthaltes malt er auch einige seiner Meisterwerke, wie zum Beispiel die ‹Felsgrottenmadonna› (1483) für den Altar von San Francesco Il Grande und das ‹Letzte Abendmahl› (1495–97) für das Refektorium des Dominikanerklosters Santa Maria delle Grazie. Leonardo liebt es, neue Maltechniken auszuprobieren, doch leider stellt sich die Idee, Ölfarben auf trockenem Putz zu verwenden, als falsch heraus, und bereits drei Jahre nach Fertigstellung des Gemäldes lösen sich die Farben vom Putz. Für Francesco Sforza, den Vater Ludovicos, plant er ein gigantisches, über sieben Meter hohes Reiterstandbild in Bronze, das im Hof des Castello Sforzesco aufgestellt werden soll. Die Statue wird jedoch nie in Angriff genommen, da die Bronze zum Bau von Kanonen benötigt und das Tonmodell 1499 zerstört wird, als die französischen Soldaten in Mailand einfallen und die Sforza und Leonardo zur Flucht zwingen.

Leonardo findet Unterschlupf zuerst in Mantua und dann in Venedig, wo er sich um militärische und verteidigungstechnische Belange kümmert. Im April des Jahres

mincia a viaggiare tra le Marche e la Romagna studiando per Cesare Borgia le costruzioni fortificate, redigendo carte geografiche per le campagne militari. Tre anni più tardi elabora a Firenze progetti di deviazione del fiume Arno. In quegli anni deve aver cominciato a dipingere la Monna Lisa, detta anche la Gioconda, chiamata probabilmente così per il nome del marito ser Giocondo, che aveva chiesto a Leonardo di eseguire un ritratto della moglie. Dalla Signoria di Firenze riceve l'incarico di dipingere il Salone del Consiglio Grande accanto al suo rivale Michelangelo. La sua meravigliosa realizzazione della Battaglia di Anghiari rimane però incompleta. Nello stesso anno scrive una lettera al sultano Baiazeth proponendogli un grande ponte per collegare Istanbul e Galata. La proposta, considerata troppo ardita per l'epoca, non è presa in considerazione.

Nel 1506 si reca di nuovo a Milano, al servizio di Charles d'Amboise, governatore francese, e lavora principalmente come architetto dedicandosi alla risoluzione dei problemi urbanistici di Milano. Dopo la morte di Charles d'Amboise, Leonardo si trasferisce a Roma e progetta per Giuliano de Medici, fratello di Papa Leone X, la bonifica delle paludi pontine a sud di Roma. Non si sa con precisione, per quale motivo lascia Roma nel 1516 per andare in Francia. Fatto è che il re di Francia, Francesco I, lo stima molto e lo vuole accanto a sé. Come residenza gli offre il castello di Cloux vicino ad Amboise. Leonardo accetta l'invito e lì trascorre gli ultimi tre anni della sua vita immergendosi ne-

1500 kehrt er nach Florenz zurück und beginnt bald in den Marken und der Romagna umherzureisen, wo er für Cesare Borgia Festungsanlagen studiert und geographische Karten für dessen Militärkampagnen anfertigt. Drei Jahre später widmet er sich in Florenz Projekten zur Umleitung des Arno. In jenen Jahren muss er auch mit dem Malen der Mona Lisa angefangen haben. Sie wird auch Gioconda genannt nach dem Namen des Ehemanns, Ser Giocondo, der Leonardo gebeten hatte, ein Porträt seiner Frau anzufertigen. Von der Signoria in Florenz erhält Leonardo den Auftrag, gemeinsam mit seinem Rivalen Michelangelo den großen Ratssaal auszumalen. Seine hervorragende Darstellung der Schlacht von Anghiari bleibt jedoch unvollendet. Im gleichen Jahr schreibt er einen Brief an den Sultan Baiazeth, in dem er ihm den Bau einer gewaltigen Brücke vorschlägt, die die Städte Istanbul und Galata verbinden sollte. Der Vorschlag wird jedoch nicht ernstgenommen, da er zur damaligen Zeit zu waghalsig erscheint.

1506 begibt sich Leonardo erneut nach Mailand, und zwar in den Dienst des französischen Gouverneurs Charles d'Amboise, wo er in erster Linie als Architekt arbeitet und sich der Lösung städtebaulicher Probleme widmet. Nach dem Tod von Charles d'Amboise zieht Leonardo nach Rom und plant für Giuliano de Medici, den Bruder von Papst Leo X., die Trockenlegung der pontinischen Sümpfe südlich von Rom. Er lässt sich nicht mit Gewissheit sagen, aus welchen Gründen Leonardo im Jahre 1516 Rom verlässt, um nach Frankreich zu gehen. Tatsache ist, dass der französische König, François I., ihn sehr schätzt und ihn an seinem Hofe haben möchte. Er schenkt ihm das Schloss von Cloux bei Amboise als Wohnsitz. Leonardo nimmt das Angebot an; er verbringt dort die letzten drei Jahre seines Lebens

gli studi. Muore il 2 maggio del 1519 fra le braccia del suo fedele amico, il pittore Francesco Melzi, al quale lascia tutti i suoi manoscritti. Viene sepolto secondo la sua volontà nella chiesa di Saint Florentin d'Amboise. Le sue spoglie spariranno senza lasciare alcuna traccia quando le tombe vengono profanate durante le guerre religiose del XVI secolo.

Dopo la morte del Melzi, i taccuini con i manoscritti di Leonardo si disperdono e oggi conosciamo, forse, solo un terzo della produzione di Leonardo. I manoscritti sono raccolti in ventiquattro codici conservati tra Torino, Milano, Parigi, Londra, Madrid e Seattle e contengono schizzi, disegni, appunti nella calligrafia tipica leonardesca. Essendo mancino era forse più facile per lui scrivere da destra a sinistra, ma la scrittura in modo speculare è sicuramente un segno particolare, Leonardo la usava forse per tenere segreti i suoi appunti.

Dai suoi taccuini capiamo che tipo di uomo fosse Leonardo. Lui si definiva «omo sanza lettere» perché conosceva solo superficialmente il latino e ignorava completamente il greco. Perciò aveva appreso la maggior parte delle sue cognizioni leggendo la traduzione in volgare delle opere più importanti. Si dedica anch'egli alla produzione letteraria, annotando numerosi aforismi, profezie e facezie allo scopo di intrattenere gli ospiti della corte milanese. La sua fantasia gli fa inventare favole e leggende ambientate in una natura animata. Era anche un grande musicista e

und vertieft sich ganz in seine Studien. Er stirbt am 2. Mai 1519 in den Armen seines treuen Freundes, des Malers Francesco Melzi, dem er alle seine Manuskripte hinterlässt. Seinem Wunsch zufolge wird Leonardo in der Kirche Saint Florentin d'Amboise beerdigt. Seine leiblichen Überreste verschwinden jedoch spurlos im Zuge der Grabschändungen während der Religionskriege des 16. Jahrhunderts.

Nach dem Tod von Francesco Melzi werden die Notizbücher mit den Schriften Leonardos in alle Welt zerstreut; wir kennen heute vielleicht ein Drittel dessen, was Leonardo geschaffen hat. Die wiedergefundenen Manuskripte wurden in vierundzwanzig Codices zusammengefasst, die in Turin, Mailand, Paris, London, Madrid und Seattle aufbewahrt werden. Die Manuskripte enthalten Skizzen, Zeichnungen und Notizen in der für Leonardo typischen Handschrift. Als Linkshänder war es für ihn vielleicht einfacher, von rechts nach links zu schreiben, doch ist die Spiegelschrift auf jeden Fall ein besonderes Kennzeichen, und womöglich benutzte er sie, um seine Notizen geheim zu halten.

Wenn wir seine Notizbücher lesen, können wir den Menschen Leonardo erkennen. Er beschrieb sich gern selbst als «omo sanza lettere», weil er Latein nur oberflächlich und Griechisch überhaupt nicht beherrschte. Den größten Teil seines Wissens hatte er sich durch die Lektüre der Übersetzung der wichtigsten Werke angeeignet. Er selbst widmete sich dem literarischen Schaffen, indem er zahlreiche Aphorismen, Prophezeiungen und Schwänke aufschrieb, mit denen er die Gäste am Mailänder Hof unterhalten wollte. Da er ausgesprochen einfallsreich war, erfand er Fabeln und Legenden, die in einer beseelten Natur angesiedelt sind. Er war auch ein begnadeter Musiker und hat vielleicht sogar

forse ha composto brani musicali, che non esistono più.

Una gran parte dei suoi appunti costituisce il ‹Trattato della Pittura› in cui dà consigli e delinea le sue tecniche applicate all'arte. Sappiamo che studiava anche intensamente la fisica, la matematica e si interessava di scienza dei fluidi, di astronomia, di ottica, di meccanica. Il volo degli uccelli lo affascinava talmente da tenerlo impegnato per quasi tutta la sua vita: elaborò inoltre i progetti per due prototipi di macchine volanti. Per quanto riguarda l'anatomia fu uno dei primi a studiare la fisiologia del corpo umano sezionando cadaveri, una tecnica proibita all'epoca. I suoi schizzi anatomici furono fondamentali per gli studi di medicina dei secoli successivi, come lo furono anche i suoi scritti e disegni per lo studio delle arti, delle scienze e delle tecniche nell'età del Rinascimento. I suoi studi costituirono lo spunto per applicazioni di invenzioni che saranno realizzate solo dopo molti secoli.

Musikstücke komponiert, von denen jedoch nichts erhalten ist.
Den größten Teil seiner Notizen nimmt der ‹Traktat über die Malerei› ein. Darin erteilt er Ratschläge und beschreibt seine künstlerischen Techniken. Wir wissen auch, dass er sehr intensiv Physik und Mathematik studierte, er interessierte sich für das Element des Wassers, für Astronomie, Optik und Mechanik. Der Vogelflug faszinierte ihn so sehr, dass er sich sein ganzes Leben damit auseinandersetzte und Entwürfe für zwei Prototypen für Flugmaschinen fertigte. Was die Anatomie betrifft, war er einer der ersten, der den menschlichen Körperbau studierte, indem er Leichen sezierte, eine Vorgehensweise, die zur damaligen Zeit verboten war. Seine anatomischen Skizzen waren grundlegend für die medizinischen Studien der nachfolgenden Jahrhunderte wie auch seine Schriften und Zeichnungen für das Studium der Kunst, der Wissenschaften und der Technik in der Zeit der Renaissance. Leonardos Notizen haben den Anstoß für Erfindungen gegeben, die erst viele Jahrhunderte später realisiert werden sollten.

Favole e leggende

Le favole e leggende sono probabilmente i testi più antichi di Leonardo e hanno uno più sofisticata elaborazione letteraria. È noto che Leonardo conosceva le favole di Esopo e di altri scrittori, tuttavia non le ha utilizzate come fonte d'ispirazione, ma ha sviluppato delle idee proprie. Alla corte del Duca di Milano Leonardo era apprezzato per la sua arguta conversazione e per il suo umorismo, perciò è probabile che abbia annotato queste favole per recitarle successivamente in pubblico. Le favole di Leonardo hanno tutte un sottofondo moraleggiante e scherzoso. Il paesaggio descritto è vivo, cioè animali, piante e pietre dispongono di voce e di sentimenti. I protagonisti sono soggetti al loro destino inarrestabile e non possono evitare la fatale catastrofe perché secondo Leonardo non si può fermare la natura delle cose.

Il ragno nel buco della chiave

Un ragno, dopo avere esplorato tutta la casa, di fuori e di dentro, pensò di rintanarsi nel buco della serratura. Che rifugio ideale! Chi lo avrebbe mai scoperto, lì dentro? Lui, invece, affacciandosi sull'orlo della toppa, avrebbe potuto guardare dappertutto senza correre alcun rischio.

– Lassù – diceva fra sé, sbirciando la soglia di pietra – tenderò una rete per le mosche; quag-

Fabeln und Legenden

Die Fabeln und Legenden sind wahrscheinlich Leonardos älteste Texte und haben am ehesten einen literarischen Anspruch. Wir wissen, dass die Fabeln Äsops und anderer Schriftsteller Leonardo wohlbekannt waren, er benutzte sie jedoch nicht als Quelle, sondern entwickelte eigene Ideen. Am Hofe des Herzogs von Mailand war Leonardo wegen seiner scharfsinnigen Rede und seines Humors sehr geschätzt, und es ist denkbar, dass er die Fabeln aufgeschrieben hatte, um sie dann vor Publikum vorzutragen. Leonardos Fabeln und Legenden weisen alle einen moralisierenden und zugleich scherzhaften Unterton auf. Die beschriebene Landschaft ist belebt, das heißt, Tiere wie auch Pflanzen und Steine verfügen über Stimme und Gefühle. Die Hauptpersonen sind ihrem unaufhaltsamen Schicksal ausgeliefert und können der drohenden Katastrophe nicht entrinnen, da gemäß Leonardo nichts den Lauf der Dinge aufhalten kann.

Die Spinne im Schlüsselloch

Eine Spinne hatte zuerst das ganze Haus von außen und innen erkundet und gedachte dann, sich in ein Schlüsselloch zu verkriechen. Welch vorzügliches Versteck! Wer würde sie je dort entdecken? Sie hingegen könnte, wenn sie sich nur etwas aus dem Schlüsselloch hinauslehnte, alles beobachten, ohne auch nur das geringste Risiko einzugehen.

«Dort oben», überlegte sie, während sie den steinernen Türsturz betrachtete, «spinne ich ein Netz, um Fliegen zu fangen. Hier unten», fügte sie hinzu, während sie die

giù – aggiungeva scrutando lo scalino – ne tenderò un'altra per i bruchi e qui vicino al battente dell'uscio, farò una piccola trappola per zanzare.

Il ragno gongolava. Il buco della serratura gli dava una sicurezza nuova, straordinaria; così stretto, buio, foderato di ferro, gli sembrava più inattaccabile di una fortezza, più sicuro di qualsiasi armatura.

Mentre si crogiolava in questi pensieri, gli giunse all'orecchio un rumore di passi; allora, prudente, si ritirò in fondo al suo rifugio. Qualcuno stava per entrare in casa; una chiave tintinnò, s'infilò nel buco della serratura e lo schiacciò.

Il pavone

Il contadino partì, dopo aver chiuso la porta del cortile. Sperava di ritornare presto, ma i giorni passavano senza che lui si facesse vedere. Gli animali del cortile avevano fame e sete; perfino il gallo non cantava più. Stavano tutti immobili, per non consumare le forze, sotto l'ombra di una pianta. Soltanto il pavone, anche quel giorno, si levò barcollando sulle zampe, aprì a ventaglio la sua grande e variopinta coda, e incominciò a passeggiare avanti e indietro.

– Mamma – domandò una magra gallinella alla chioccia – perché il pavone fa la ruota tutti i giorni?

– Perché è vanesio, figlia mia; e l'ambizione è un vizio che scompare soltanto con la morte.

Schwelle begutachtete, «ein weiteres Netz für Raupen, und hier neben dem Türklopfer, baue ich eine kleine Falle für Stechmücken.»

Die Spinne jauchzte vor Freude. Das Schüsselloch gab ihr eine neue, außergewöhnliche Sicherheit – so eng, dunkel und mit Eisen ausgeschlagen schien es ihr uneinnehmbarer als eine Festung, sicherer als jede Rüstung zu sein.

Während sie in diesen Gedanken schwelgte, vernahm sie auf einmal das Geräusch von Schritten; deshalb zog sie sich vorsichtig in ihr Versteck zurück. Es war jemand, der gerade das Haus betrat, ein Schlüssel klapperte, wurde ins Schlüsselloch gesteckt und zerquetschte die Spinne.

Der Pfau

Der Bauer brach auf, nachdem er das Hoftor gut verschlossen hatte. Er hoffte, bald zurückzukehren, aber die Tage vergingen, ohne dass er sich blicken ließ. Die Tiere des Hofes hatten Hunger und Durst. Sogar der Hahn krähte nicht mehr. Sie verharrten alle im Schatten eines Baumes und bewegten sich kaum, um nicht unnötig Energie zu verbrauchen. Nur der Pfau schwang sich auch in dieser Zeit taumelnd auf die Beine, öffnete seine großen bunten Schwanzfedern zu einem Fächer und begann auf und ab zu stolzieren.

«Mama», fragte ein mageres Küken die Henne, «warum schlägt der Pfau jeden Tag sein Rad?»

«Weil er eitel ist, mein Kleines; Ehrgeiz aber ist ein Laster, das nur mit dem Tod verschwindet.»

La volpe e la gazza

Una volpe affamata capitò, un giorno, sotto un albero dove s'era posato un branco di gazze rumorose. La volpe, nascosta, incominciò ad osservarle, e si accorse che quegli uccelli erano sempre in cerca di cibo e non avevano paura di posarsi e di beccare nemmeno sulle carcasse degli animali. – Proviamo – disse fra sé la volpe. Piano piano, senza farsi sentire, si mise lunga distesa, restando immobile, a bocca aperta, come se fosse morta. Dopo un po' una gazza la vide e subito si buttò giù dall'albero. Si avvicinò alla volpe, e, credendola morta, incominciò a beccarle la lingua. Cosi lasciò la testa nella bocca della volpe come in una tagliola.

Il toro

Un toro in libertà faceva strage fra le mandrie. I pastori non avevano più coraggio di portare al pascolo gli animali, per via di quel selvaggio bestione che arrivava all'improvviso, caricando a testa bassa, per infilzare con le corna tutto ciò che incontrava. Loro, però, sapevano che il toro odiava il colore

Der Fuchs und die Elster

Ein hungriger Fuchs kam eines Tages an einem Baum vorbei, auf dem sich ein Schwarm lärmender Elstern niedergelassen hatte. Aus einem Versteck begann der Fuchs, die Vögel zu beobachten, und bemerkte, dass sie ständig auf der Suche nach Futter waren und keine Angst hatten, sich auf toten Tieren niederzulassen, um nach Futter zu picken. «Das will ich ausprobieren», sagte sich der Fuchs. Ganz vorsichtig, ohne einen Laut von sich zu geben, streckte er sich der Länge nach aus und blieb mit geöffneter Schnauze reglos liegen, als wäre er tot. Nach einer Weile erblickte ihn eine Elster und stürzte sich sofort vom Baum herab. Da sie ihn für tot hielt, näherte sie sich dem Fuchs und begann, auf seiner Zunge nach Futter zu picken. So ließ sie den Kopf im Maul des Fuchses wie in einem Fangeisen.

Der Stier

Ein Stier, der sich frei herumtrieb, richtete großen Schaden unter den Herden an. Dieser wilden Bestie wegen, die plötzlich auftauchte und mit gesenktem Haupt losrannte, um alles mit den Hörnern aufzuspießen, was sich ihr in den Weg stellte, hatten die Hirten Angst, ihre Tiere auf die Weide zu treiben. Sie wussten jedoch, dass der Stier die Farbe Rot

rosso; e quindi, un giorno, decisero di tendergli un tranello. Fasciarono di stoffa rossa il grosso tronco di un albero e poi si nascosero. Il toro, soffiando dalle narici, non si fece attendere molto. Vedendo quel tronco rosso, abbassò la testa partendo alla carica, e con un gran fracasso inchiodò le corna nell'albero, restandovi prigioniero. Così i pastori lo uccisero.

L'asino e il ghiaccio

C'era una volta un asino stanco che non se la sentiva di camminare fino alla stalla. Era inverno, faceva molto freddo e tutte le strade erano ghiacciate.

– Io mi fermo qui – disse l'asino buttandosi per terra.

Un passerotto affamato gli si posò vicino e gli disse nell'orecchio:

– Asino, tu non sei sulla strada, ma sopra un lago ghiacciato. Stai attento.

L'asino, pieno di sonno, fece un grande sbadiglio e si addormentò. Ma il calore del suo corpo incominciò, a poco a poco, a sciogliere il ghiaccio, finché, con uno schianto, il ghiaccio si ruppe. Quando si trovò nell'acqua, l'asino si destò allarmato; ma ormai era troppo tardi, ed affogò.

L'ostrica e il topo

Un'ostrica si ritrovò, insieme a tanti altri pesci, dentro la casa di un pescatore, poco distante dal mare. – Qui si muore tutti – pensò l'ostrica guar-

hasste, und so beschlossen sie eines Tages, ihn in eine Falle zu locken. Sie umhüllten einen dicken Baumstamm mit rotem Stoff und versteckten sich dann. Der Stier ließ nicht lange auf sich warten und schnaubte kräftig. Als er den roten Baumstamm sah, senkte er den Kopf, raste los und stieß seine Hörner mit solch großer Wucht in den Baum, dass er sich nicht mehr befreien konnte. So töteten ihn die Hirten.

Der Esel und das Eis

Es war einmal ein müder Esel, der sich außerstande fühlte, bis zum Stall zu laufen. Es war Winter, draußen war es sehr kalt und die Straßen waren vereist.

«Ich bleibe hier», sagte der Esel und ließ sich auf den Boden fallen.

Ein hungriger Spatz setzte sich neben ihn und flüsterte ihm ins Ohr:

«Esel, du befindest dich nicht auf der Straße, sondern auf einem vereisten See. Pass auf!»

Der Esel war sehr schläfrig, er gähnte nur laut und schlief ein. Aber seine Körperwärme brachte ganz langsam das Eis unter ihm zum Schmelzen, bis es plötzlich mit Getöse einbrach. Als der Esel im Wasser landete, wachte er erschrocken auf, aber es war bereits zu spät und er ertrank.

Die Auster und die Maus

Eine Auster befand sich mit vielen anderen Fischen im Hause eines Fischers, nicht weit vom Meer entfernt. «Wir werden hier alle sterben», dachte die Auster, als sie die

dando i suoi compagni che boccheggiavano sparpagliati per terra. Passò un topo.

– Topo, ascolta! – disse l'ostrica. – Mi porteresti, per favore, fino al mare?

Il topo la guardò: era un'ostrica bella e grande, e doveva avere una bella polpa sostanziosa.

– Certo – rispose il topo, che aveva ormai deciso di mangiarsela – però ti devi aprire perché non posso trasportarti così chiusa.

L'ostrica si dischiuse con cautela, e il topo, subito, ci ficcò dentro il muso per addentarla. Ma, nella fretta, il topo la mosse un po' troppo, e l'ostrica si richiuse di scatto imprigionando la testa del roditore. Il topo strillò. La gatta lo udì. Accorse con un balzo e lo mangiò.

L'orsacchiotto e le api

Un orsacchiotto girellava curiosando per la foresta, quando vide un buco nel tronco di un albero. Guardando meglio si accorse che in quel buco c'era un continuo viavai di api: alcune, librandosi sulle ali, giravano intorno all'ingresso come se fossero state di sentinella, altre, arrivando da lontano, entravano dentro, altre uscivano fuori e sparivano nel bosco.

Gefährten betrachtete, die auf dem Boden verstreut lagen und nach Luft schnappten. Da lief eine Maus vorbei.

«Hör mal, Maus!», sagte die Auster. «Würdest du mich bitte bis zum Meer bringen?»

Die Maus betrachtete sie: Es war eine herrliche, große Auster mit sicherlich schön saftigem Fleisch.

«Natürlich», antwortete die Maus, die bereits beschlossen hatte, die Auster aufzufressen, «aber du musst dich ein bisschen öffnen, da ich dich sonst nicht tragen kann.»

Die Auster öffnete sich vorsichtig und die Maus steckte sofort die Schnauze hinein, um sie mit den Zähnen zu packen. Aber in der Eile schubste die Maus die Auster etwas zu stark an, diese schnappte zu und hielt den Kopf des Nagers gefangen. Die Maus quietschte. Das hörte die Katze, sie sprang mit einem Satz herbei und verschlang die Maus.

Der Bär und die Bienen

Ein Bär wanderte neugierig durch den Wald, als er plötzlich ein Loch in einem Baumstamm entdeckte. Bei genauerem Hinsehen bemerkte er, dass Bienen dort ständig ein- und ausflogen. Einige schwirrten um den Eingang herum, als würden sie Wache schieben, andere, die aus einiger Entfernung herbeikamen, flogen hinein und wieder andere verließen den Bienenstock und verschwanden im Wald.

L'orsacchiotto, sempre più curioso, si drizzò e ficcò il naso nel buco, annusò, poi infilò dentro una zampa. Quando la ritirò, la zampa grondava di miele. Ma aveva appena cominciato a leccarla, che dal buco irruppe fuori un nugolo di api inferocite, che si avventarono su di lui pungendolo sul naso, sugli orecchi, sulla bocca, dappertutto. L'orsacchiotto cercò di difendersi, ma, se le scacciava da una parte, le api tornavano alla carica dall'altra; infuriato cercò di vendicarsi rincorrendo ora l'una ora l'altra; ma, per volersi vendicare con tutte, non riusciva a vendicarsi con nessuna: alla fine si rotolò per terra, annaspando, finché, vinto dal terrore e dal bruciore delle punture, fuggì piangendo dalla sua mamma.

Il fico

C'era una volta un fico che non aveva frutti. Tutti gli passavano accanto, ma nessuno lo guardava. A primavera spuntavano anche a lui le foglie, ma d'estate, quando gli altri alberi si caricavano di frutti, sui suoi rami non compariva nulla.

– Mi piacerebbe tanto essere lodato dagli uomini – sospirava il fico – basterebbe che riuscissi a fruttificare come le altre piante.

Prova e riprova, finalmente, un'estate, si trovò pieno di frutti anche lui. Il sole li fece crescere, li gonfiò, li riempì di dolce sapore. Gli uomini se ne accorsero. Anzi, non avevano mai visto un fico così carico di frutti; e subito fecero a gara a chi ne co-

Der Bär wurde immer neugieriger, stellte sich auf die Hinterpfoten, steckte seine Nase in das Loch und schnupperte. Dann langte er mit seiner Pfote hinein. Als er sie wieder herauszog, war sie voll Honig. Aber kaum hatte er begonnnen, sie abzuschlecken, brach aus dem Loch ein ganzer Schwarm wild gewordener Bienen hervor, die sich auf den Bär stürzten und ihn überall stachen, in die Nase, in die Ohren und in die Schnauze. Der Bär versuchte, sich zu wehren, aber immer wenn er die Bienen auf der einen Seite verjagt hatte, griffen sie von der anderen Seite erneut an. Wütend versuchte er sich zu rächen, indem er einmal der einen Biene und dann einer anderen nachrannte. Aber da er sich an allen rächen wollte, rächte er sich am Ende an keiner. Schließlich wälzte er sich auf dem Boden und fuchtelte herum, bis er sich schließlich – von der Pein und dem Brennen der Stiche überwältigt – weinend zu seiner Mama flüchtete.

Der Feigenbaum

Es war einmal ein Feigenbaum, der keine Früchte trug. Die Menschen liefen an ihm vorüber, aber niemand nahm von ihm Notiz. Im Frühling wuchsen auch ihm Blätter, aber im Sommer, wenn die anderen Bäume vor Früchten überquollen, blieben seine Äste kahl.

«Ich würde auch gern von den Menschen gepriesen werden», seufzte der Feigenbaum. «Ich wäre zufrieden, wenn es mir gelänge, wie die übrigen Pflanzen Früchte zu tragen.»

Er versuchte es immer wieder und endlich, eines Sommers, trug auch er Früchte. Die Sonne ließ sie wachsen und gedeihen und schenkte ihnen süßes Aroma. Die Menschen bemerkten es wohl. Noch nie hatten sie einen Feigenbaum gesehen, der so mit Früchten beladen war. Und sofort wett-

glieva di più. Si arrampicarono sul tronco, con i bastoni piegarono i rami più alti, col loro peso ne stroncarono parecchi: tutti volevano assaggiare quei fichi deliziosi, e il povero fico, ben presto, si ritrovò piegato e rotto.

L'aquila

Un'aquila, un giorno, guardando in giù dal suo altissimo nido, vide un gufo. – Che buffo animale – disse fra sé. – Di certo non dev'essere un uccello. – Spinta dalla curiosità, spalancò le sue grandi ali e ad ampi giri incominciò a discendere. Quando fu vicina al gufo, gli domandò:

– Chi sei? Come ti chiami?

– Sono il gufo, rispose tremando il povero uccello, cercando di ripararsi dietro a un ramo.

– Ah, ah! Come sei ridicolo! – rise l'aquila seguitando a ruotare intorno all'albero. – Sei tutto occhi e penne. Vediamo un po' – aggiunse posandosi sopra un ramo – vediamo come sei fatto da vicino. Fammi sentire meglio la tua voce. Se è bella come il tuo viso bisognerà tapparsi le orecchie.

L'aquila, intanto, aiutandosi con le ali, cercava di farsi strada fra i rami per avvicinarsi al gufo. Ma fra i rami dell'albero un contadino aveva teso le verghe impaniate, e di pania aveva spalmato anche i rami più grossi. L'aquila si trovò, all'improvviso, con le ali appiccicate all'albero, e più si sforzava di liberarsi più s'invischiava con tutte le penne. Il gufo disse:

– Aquila, fra poco verrà il contadino, ti catturerà

eiferten sie, wer die meisten pflücken könnte. Sie kletterten den Stamm hinauf und bogen mit Stöcken die oberen Äste herab. Mit ihrem Gewicht brachen sie sogar einige Äste ab, denn alle wollten diese ausgezeichneten Feigen probieren, und der arme Feigenbaum war alsbald geknickt und kaputt.

Der Adler

Als ein Adler eines Tages von seinem Nest aus luftiger Höhe herabschaute, erblickte er eine Eule. «Was für ein seltsames Tier», dachte er bei sich. «Das ist bestimmt kein Vogel.» Von Neugierde getrieben, breitete er seine mächtigen Flügel aus und schwang sich hinab. Als er sich der Eule genähert hatte, fragte er sie:

«Wer bist du? Wie heißt du?»

«Ich bin die Eule», antwortete zitternd der arme Vogel und versuchte sich hinter einem Ast in Sicherheit zu bringen.

«Ach, was bist du doch lächerlich», verspottete sie der Adler und flog um den Baum herum. «Du bestehst ja nur aus Augen und Federn. Schauen wir mal», sprach er weiter und ließ sich auf einem Ast nieder, «schauen wir mal, wie du von nahem aussiehst. Lass mich doch deine Stimme etwas besser hören. Wenn sie so schön wie dein Gesicht ist, muss ich mir wohl die Ohren zuhalten.»

Der Adler versuchte, sich flügelschlagend einen Weg durch die Äste zu bahnen, um sich der Eule zu nähern. Aber ein Bauer hatte Leimruten gespannt und die dickeren Äste ebenfalls mit Leim bestrichen. Die Flügel des Adlers klebten unversehens am Baum fest und je mehr er versuchte, sich zu befreien, desto mehr verklebten die Federn. Die Eule sagte:

«Adler, bald kommt der Bauer und er wird dich fangen

e ti rinchiuderà in una gabbia. Oppure ti ucciderà per vendicare gli agnelli che gli hai mangiato. Tu che vivi nel cielo, libera da ogni pericolo, che bisogno avevi di scendere giù per prendermi in giro?

L'ermellino

Una volpe stava mangiando, quando passò un elegante ermellino.

– Vuoi favorire? – disse la volpe ormai sazia.

– Grazie, – rispose l'ermellino – ho già mangiato.

– Ah, ah! – rise la volpe. – Voialtri ermellini siete gli animali più modesti del mondo. Mangiate solo una volta al giorno, e preferite digiunare piuttosto che sporcarvi il vestito.

In quel mentre arrivarono dei cacciatori. La volpe, svelta come un lampo, si rintanò sotto terra, e l'ermellino, non meno veloce della volpe, corse verso la sua tana. Ma il sole aveva sciolto la neve e la tana era diventata un pantano. Il candido ermellino, per non strisciare nel fango, si fermò titubante. E i cacciatori lo colpirono a morte.

La moderazione raffrena tutti i vizi. L'ermellino preferisce morire, piuttosto che macchiare la sua purezza.

La scimmia e l'uccellino

Un giorno una giovane scimmia, saltando di ramo in ramo, vide un nido pieno di piccoli uccelli. Tutta contenta si avvicinò e allungò una mano per prenderli; ma quelli, sapendo già volare, fuggirono via

und in einen Käfig sperren. Oder er wird dich töten, um die Lämmer zu rächen, die du gefressen hast. Der du im Himmel lebst, frei von jeder Gefahr, warum musstest du auf die Erde herabkommen und mich verspotten?»

Das Hermelin

Ein Fuchs verspeiste gerade sein Mahl, als ein elegantes Hermelin des Weges kam.

«Magst du etwas?», fragte der Fuchs, der schon satt war.

«Danke», antwortete das Hermelin, «ich habe bereits gegessen.»

«Ha, ha», lachte der Fuchs. «Ihr Hermeline seid die bescheidensten Tiere der Welt. Ihr esst nur einmal am Tag und hungert lieber, als euer Fell zu beschmutzen.»

Unterdessen näherten sich Jäger den beiden. Schnell wie der Blitz verkroch sich der Fuchs unter der Erde und das Hermelin rannte ebenso schnell zu seinem Bau. Aber die Sonne hatte den Schnee schmelzen lassen und seine Höhle hatte sich in Morast verwandelt. Das leuchtend weiße Hermelin blieb zögernd stehen, da es nicht durch den Schlamm laufen wollte. Und so wurde es von den Jägern erschossen.

Die Mäßigung zügelt alle Laster. Das Hermelin zieht es vor zu sterben, als seine Reinheit zu beflecken.

Der Affe und das Vögelchen

Eines Tages erblickte ein junger Affe, als er sich von Ast zu Ast hangelte, ein Nest voll kleiner Vögelchen. Freudig kam er näher und streckte eine Hand aus, um sie zu fangen. Aber die Vögelchen konnten schon fliegen, sie entflo-

lasciando nel nido soltanto il più piccolo. Allegra come una pasqua la scimmietta tornò a casa con l'uccellino; e tanto gli piaceva che cominciò ad accarezzarlo, a baciarlo, a stringerselo al petto. Sua madre la guardava senza dir nulla.

– Com'è carino! – gridava la scimmietta. – Gli voglio tanto bene!

E seguitò a baciarlo ed a stringerselo a sé, finché gli tolse la vita.

Questa favola è detta per quelli che non sanno castigare i propri figli.

Il falcone e l'anatra

Ogni volta che andava a caccia d'anatre, il nobile falcone si arrabbiava. Quelle anatre riuscivano quasi sempre a beffarlo, tuffandosi sott'acqua proprio all'ultimo momento, e restando sommerse più di quanto lui potesse rimanere sospeso in aria ad aspettarle. Anche quella mattina il falcone decise di ritentare. Dopo aver fatto molte ruote ad ali aperte per studiare la situazione, e dopo aver bene individuato l'anatra da catturare, il nobile rapace piombò giù come un bolide. Ma l'anatra, più svelta, si tuffò a capofitto.

– Questa volta ti vengo dietro – gridò il falcone infuriato, e si tuffò anche lui.

L'anatra, vedendolo sott'acqua, fece un guizzo, risalì, spiegò le ali e si mise a volare. Il falcone, con le penne bagnate, non riuscì a prendere il volo.

Passandogli sopra, l'anatra gli disse:

hen und ließen nur das Kleinste im Nest zurück. Überglücklich kehrte der Affe mit dem Vögelchen nach Hause zurück. Es gefiel ihm so sehr, dass er es zu streicheln, zu küssen und an seine Brust zu drücken begann. Seine Mutter sah ihm wortlos zu.

«Ach wie ist es niedlich!», rief der kleine Affe. «Ich habe es ja so sehr lieb!»

Und er küsste und drückte es so lange, bis er ihm den Garaus machte.

Diese Fabel ist allen gewidmet, die es nicht fertig bringen, die eigenen Kinder zu zügeln.

Der Falke und die Ente

Jedes Mal, wenn der edle Falke auf Entenjagd ging, ärgerte er sich. Den Enten gelang es fast immer, ihm ein Schnippchen zu schlagen, indem sie im letzten Augenblick abtauchten und länger unter Wasser blieben, als er über dem Wasser schwebend ausharren konnte, um auf sie zu warten. Auch an diesem Morgen beschloss der Falke, es wieder zu probieren. Nachdem er mit weit ausgespannten Schwingen einige Runden gedreht hatte, um die Lage einzuschätzen, und eine Ente ausgewählt hatte, die er fangen wollte, schoss der edle Raubvogel wie ein Blitz nach unten. Aber die Ente war schneller und tauchte kopfüber ins Wasser.

«Diesmal folge ich dir», kreischte der Falke erzürnt und tauchte ebenfalls unter.

Als die Ente ihn unter Wasser erblickte, erschrak sie, kam wieder an die Oberfläche, breitete die Flügel aus und flog davon. Dem Falken aber gelang es nicht, mit seinen nassen Federn abzuheben. Als die Ente über ihn hinwegflog, rief sie ihm zu:

– Addio, falcone! Io nel tuo cielo ci so stare, ma tu, nella mia acqua, affoghi!

Il cardellino

Quando ritornò nel nido, con un piccolo verme in bocca, il cardellino non trovò più i suoi figlioli. Qualcuno, durante la sua assenza, li aveva rubati. Il cardellino incominciò a cercarli dappertutto, piangendo e gridando; tutta la selva risuonava dei suoi disperati richiami, ma nessuno gli rispondeva. Un giorno un fringuello gli disse:

– Mi pare di aver visto i tuoi figlioli sulla casa del contadino.

Il cardellino partì, pieno di speranza, e in breve tempo arrivò alla casa del contadino. Si posò sul tetto: non c'era nessuno. Scese sull'aia: era deserta. Ma nell'alzare la testa vide una gabbia appesa fuori dalla finestra. I suoi figlioli erano lì dentro, prigionieri. Quando lo videro, aggrappato alle stecche della gabbia, si misero a pigolare chiedendogli di portarli via; e lui cercò di rompere col becco e con le zampe le sbarre della prigione, ma invano. Allora, con un gran pianto, li lasciò. Il giorno dopo il cardellino tornò di nuovo sulla gabbia dov'erano i suoi figli. Li guardò. Poi, attraverso le sbarre, li imboccò uno per uno, per l'ultima volta. Infatti egli aveva portato alle sue creature il tortomalio, che era un'erba velenosa, e i piccoli uccellini morirono.

– Meglio morti – disse – che perdere la libertà.

«Leb wohl, Falke! Ich kann in deinem Himmel überleben, du aber ertrinkst in meinem Wasser!»

Der Stieglitz

Als der Stieglitz mit einem kleinen Wurm im Schnabel zum Nest zurückkehrte, waren seine Jungen verschwunden. Jemand hatte sie während seiner Abwesenheit gestohlen. Der Stieglitz klagte und schrie und begann, sie überall zu suchen. Der ganze Wald hallte von seinen verzweifelten Rufen wider, aber niemand antwortete. Eines Tages sagte ein Buchfink zu ihm:

«Ich glaube, ich habe deine Jungen auf dem Hause des Bauern gesehen.»

Voller Hoffnung machte sich der Stieglitz auf den Weg und erreichte bald das Haus des Bauern. Er setzte sich aufs Dach, aber da war sonst niemand. Er flog hinunter zur Tenne: sie war leer. Aber als er den Kopf hob, erblickte er einen Käfig, der vor dem Fenster hing. Seine Jungen waren darin gefangen. Als sie sahen, wie er festgekrallt an den Gitterstäben des Käfigs hing, begannen sie zu piepsen und flehten ihn an, sie zu befreien. Mit Schnabel und Krallen versuchte er, das Gitter ihres Gefängnisses aufzubrechen, aber es gelang ihm nicht. Tieftraurig ließ er sie zurück. Am nächsten Tag kam der Stieglitz erneut zum Käfig, in dem seine Jungen eingesperrt waren. Er betrachtete sie. Dann fütterte er jedes einzelne durch die Stäbe des Käfigs – zum letzten Mal. Denn er hatte seine Jungen mit Tortomalio, einem giftigen Kraut, gefüttert und die kleinen Vögel starben.

«Besser tot», sagte der Stieglitz, «als die Freiheit verlieren.»

Il ragno e l'uva

Un ragno, dopo essere stato per molti giorni ad osservare il movimento degli insetti, si accorse che le mosche accorrevano specialmente verso un grappolo d'uva dagli acini grossi e dolcissimi.

– Ho capito – disse fra sé. Si arrampicò, dunque, in cima alla vite, e di lassù, con un filo sottile, si calò fino al grappolo installandosi in una celletta nascosta fra gli acini. Da quel nascondiglio incominciò ad assaltare, come un ladrone, le povere mosche che cercavano il cibo riuscendo a ucciderne molte, perché nessuna di loro sospettava la sua presenza.

Ma intanto venne il tempo della vendemmia. Il contadino arrivò nel campo, colse anche quel grappolo e lo buttò nella bigoncia, dove fu subito pigiato insieme agli altri grappoli. L'uva, così, fu il fatale tranello per il ragno ingannatore, che morì insieme alle mosche ingannate.

Il granchio

Un granchio si accorse che molti pesciolini, anziché avventurarsi nel fiume, preferivano aggirarsi prudenti intorno ad un masso. L'acqua era limpida come l'aria, e i pesci nuotavano tranquilli godendosi l'ombra e il sole. Il granchio attese la notte, e quando fu sicuro che nessuno lo avrebbe visto,

Die Spinne und die Trauben

Nachdem eine Spinne viele Tage lang das Verhalten der Insekten beobachtet hatte, war ihr klar, dass sich die Mücken sehr oft um eine bestimmte Traube sammelten, die besonders große und süße Beeren hatte. «Ich habe verstanden», sagte sich die Spinne. Also kletterte sie den Weinstock ganz hinauf, ließ sich von dort oben an einem dünnen Faden bis zu jener Traube hinab und bezog verborgen zwischen den Beeren Stellung. Aus diesem Versteck begann sie wie eine Diebin die armen Mücken, die auf der Suche nach Nahrung waren, zu fangen und es gelang ihr, viele von ihnen zu töten, weil keine der Mücken ihre Anwesenheit vermutete.

Mittlerweile aber war die Zeit der Ernte gekommen. Der Bauer ging durch den Weinberg, pflückte auch diese Traube und warf sie in den großen Behälter, wo sie sofort mit den anderen zerdrückt wurde. So wurde die Traube zur verhängnisvollen Falle für die betrügerische Spinne, die zusammen mit den betrogenen Mücken starb.

Der Krebs

Ein Krebs bemerkte, dass die zahlreichen Fischlein lieber vorsichtig einen Felsblock umkreisten, als sich in den Fluss hinauszuwagen. Das Wasser war klar wie die Luft und die Fische schwammen unbesorgt umher und genossen den Schatten und die Sonne. Der Krebs wartete, bis es Nacht wurde, und als er sicher war, dass niemand ihn sehen

andò a nascondersi sotto il masso. Da quel nascondiglio, come un orco dalla sua tana spiava i pesciolini, e quando gli passavano vicino li acciuffava e li mangiava.

– Non è bello ciò che stai facendo – brontolò il masso – Approfitti di me per uccidere questi poveri innocenti.

Il granchio non ascoltò nemmeno. Felice e contento seguitava a catturare i pesciolini trovandoli di un sapore prelibato. Ma un giorno, all'improvviso, venne la piena. Il fiume si gonfiò, investì con grande forza il masso, che rotolò nel letto del fiume schiacciando il granchio che gli stava sotto.

I tordi e la civetta

– Siamo liberi! Siamo liberi! – gridarono un giorno i tordi, vedendo che l'uomo aveva catturato la civetta. – Ora la civetta non ci fa più paura. Ora dormiremo tranquilli.

La civetta, infatti, era caduta in un'imboscata e l'uomo l'aveva rinchiusa in gabbia.

konnte, versteckte er sich unter dem Felsblock. Aus diesem Versteck beobachtete er die Fischlein wie ein Ungeheuer in seiner Höhle, und sobald sie nah genug an ihm vorbeischwammen, schnappte er sie sich und verschlang sie.

«Das ist nicht nett, was du da machst», brummte der Fels. «Du benutzt mich, um diese armen, unschuldigen Fischlein zu töten.»

Der Krebs schenkte ihm jedoch kein Gehör. Glücklich und zufrieden fing er weiter die Fischlein und fand, dass sie vorzüglich schmeckten. Doch eines Tages gab es plötzlich Hochwasser. Der Fluss stieg an und die Wassermassen prallten mit großer Wucht gegen den Felsblock; der rollte ins Flussbett und zermalmte den Krebs, der unter ihm saß.

Die Drosseln und die Eule

«Wir sind frei! Wir sind frei», krakeelten eines Tages die Drosseln, als sie bemerkten, dass der Mann die Eule gefangen hatte. «Jetzt kann uns die Eule keine Angst mehr einjagen. Jetzt können wir in Ruhe schlafen.»

Die Eule war in der Tat in einen Hinterhalt geraten und der Mann hatte sie in einen Käfig gesperrt.

– Andiamo a vedere la civetta in prigione – dicevano i tordi volando e cantando intorno alla gabbia della loro avversaria.

Ma l'uomo aveva catturato la civetta allo scopo di prendere i tordi. Infatti, la civetta fece subito alleanza col suo vincitore il quale, dopo averla legata per una zampa, la metteva ogni giorno bene in mostra sopra un trespolo. I tordi, per vederla, si precipitavano sugli alberi vicini, dove l'uomo aveva nascosto le sue canne impaniate. E i tordi, anziché perdere la libertà come la civetta, perdevano la vita.

Questa favola è detta per tutti quelli che si rallegrano quando qualcuno, che conta più di loro e su di loro, perde la libertà. Perché il vinto, quando è importante, diventa presto alleato o strumento del vincitore, mentre tutti quelli che prima dipendevano da lui, cadono sotto un nuovo padrone, e insieme alla libertà perdono, spesso, anche la vita.

La pulce e il castrone

Una pulce, che abitava nel raso pelo di un cane, sentì un giorno un buon odore di lana. – Che succede? Fece un piccolo salto e si accorse che il suo cane si era addormentato sopra la pelle di un castrone.

– Quella pelliccia fa proprio al caso mio – disse la pulce. – È più grossa e più morbida, e soprattutto è più sicura. Lì non c'è pericolo d'incontrare le unghie e i denti del cane, che ogni tanto si met-

«Schauen wir uns die Eule im Gefängnis an», sagten die Drosseln und sangen, als sie den Käfig ihrer Feindin umschwirrten.

Aber der Mann hatte die Eule aus einem anderen Grunde eingesperrt; er wollte nämlich die Drosseln fangen. Tatsächlich schloss die Eule sofort einen Pakt mit ihrem Bezwinger, der sie an einem Bein festband und jeden Tag gut sichtbar auf ein Gestell setzte. Um die Eule sehen zu können, ließen sich die Drosseln auf den Bäumen ganz in der Nähe nieder, in denen der Mann seine Leimruten versteckt hatte. Und so verloren die Drosseln nicht wie die Eule ihre Freiheit, sondern ihr Leben.

Diese Fabel ist all denen gewidmet, die sich freuen, wenn jemand, der mächtiger ist als sie, die Freiheit verliert. Denn ist der Besiegte von Bedeutung, wird er bald zum Verbündeten des Siegers oder er wird von ihm als Mittel zum Zweck benutzt, während all diejenigen, die zuvor von ihm abhängig waren, einem neuen Herren gehorchen müssen und sehr oft nicht nur ihre Freiheit, sondern auch ihr Leben verlieren.

Der Floh und der Hammel

Einem Floh, der im dichten Fell eines Hundes zu Hause war, stieg eines Tages der angenehme Duft von Wolle in die Nase. «Was ist da los?» Er tat einen kleinen Sprung und stellte fest, dass sein Hund auf dem Fell eines Hammels eingeschlafen war.

«Dieses Fell ist wie für mich geschaffen», sagte der Floh. «Es ist viel dichter und weicher und vor allem sicherer. Da laufe ich nicht Gefahr, den Krallen und Zähnen des Hundes, die mich manchmal suchen, zu begegnen, und die

tono a cercarmi, e la pelle del castrone sarà certamente più dolce. Così, senza starci troppo a pensare, la pulce cambiò domicilio, passando, con un salto, dal pelo del cane alla pelliccia del castrone. Ma la lana era folta, tanto folta e grossa, che non era facile arrivare fino alla pelle. Prova e riprova, separando con pazienza un pelo dall'altro e aprendosi con fatica un varco, la pulce arrivò fino alla radice dei peli: ma questi erano così fitti che quasi si toccavano, non lasciando alla pulce nemmeno uno spiraglio da cui poter assaggiare la pelle. Stanca, sudata e delusa, la pulce si rassegnò a ritornare sul cane; ma il cane era andato via. Povera pulce! Pentita dell'errore commesso pianse per giorni, e morì di fame nella grassa pelliccia del castrone.

La talpa

Una talpa, sottoterra, passeggiava per le lunghe gallerie che la sua famiglia aveva scavato e ripulito in tanti anni di lavoro. Andava avanti e indietro, saliva ai piani superiori, scendeva nelle cantine come se avesse avuto una vista buonissima; invece, come tutte le talpe, aveva gli occhi molto piccoli e poca vista. Finalmente s'infilò in un cunicolo sconosciuto e seguitò a camminare.

– Fermati – gridò una voce dal piano di sotto. – Codesta galleria porta fuori, è pericolosa!

La talpa, invece, continuò ad andare su, finché si trovò dentro a un mucchio di terriccio ancora fresco. Spinse il muso in alto e sbucò fuori, ma la luce del sole, come il bagliore di un fulmine, la uccise.

Haut des Hammels ist sicherlich viel süßer.» So zog der Floh um, ohne groß darüber nachzudenken, und sprang mit einem Satz vom Fell des Hundes auf das des Hammels. Aber die Wolle war dicht, so dicht und dick, dass es nicht leicht war, bis zur Haut vorzudringen. Der Floh versuchte es immer wieder, indem er mit viel Geduld ein Haar vom anderen trennte und sich so mit Mühe einen Weg bahnte und schließlich die Haarwurzeln erreichte. Aber diese lagen so eng beieinander, dass sie sich fast berührten und dem Floh nicht mal einen Spalt ließen, um die Haut prüfen zu können. Müde, verschwitzt und enttäuscht gab der Floh auf und wollte zu seinem Hund zurückkehren; aber der Hund war nicht mehr da. Armer Floh! Voll Reue über seinen Fehler weinte er tagelang und verhungerte im fetten Fell des Hammels.

Der Maulwurf

Ein Maulwurf spazierte durch die langen unterirdischen Gänge, die seine Familie in jahrelanger Arbeit gegraben und freigeschaufelt hatte. Er lief vorwärts und rückwärts, kletterte in die oberen Gänge und stieg nach unten, ganz so als ob er gut sehen könne. Stattdessen hatte er, wie alle Maulwürfe, winzige Augen und sah schlecht. Schließlich schlüpfte er in einen unbekannten Gang und drang weiter vor.

«Bleib stehen», rief eine Stimme von unten. «Dieser Gang führt nach draußen, er ist gefährlich.» Der Maulwurf hingegen lief weiter nach oben, bis er sich in einem Haufen frischer Erde befand. Er streckte seine Schnauze hinaus und blickte um sich, aber das Licht der Sonne tötete ihn wie der Strahl eines Blitzes.

Anche la bugia, come la talpa, può vivere soltanto se rimane nascosta: non appena essa viene alla luce per farsi notare, muore.

La farfalla e il lume

Un parpaglione variopinto e vagabondo andava, una sera, discorrendo nel buio, quando vide in lontananza un lumicino. Subito drizzò le ali in quella direzione, e quando giunse vicino alla fiamma si mise a ruotarle agilmente intorno guardandola con grande meraviglia. Com'era bella! Non contento di ammirarla, il parpaglione si mise in testa di fare con lei quello che faceva di solito coi fiori odorosi: si allontanò, si voltò, e puntando coraggiosamente il volo verso la fiamma le passò sopra sfiorandola. Si ritrovò, stordito, ai piedi del lume; e si accorse, con stupore, che gli mancava una zampa e che la punta delle ali era bruciacchiata.

– Che cosa mi sarà successo? – si chiese, senza riuscire a trovare una ragione.

Non poteva assolutamente ammettere che da una cosa tanto bella, com'era quella fiamma, gli potesse venire alcun male. Perciò, dopo aver ripreso un po' di forze, con un colpo d'ali si rimise in volo. Fece alcuni volteggi, e di nuovo puntò verso la fiamma per posarsi lì sopra. E subito cadde, bruciato, nell'olio che alimentava la vivida fiammella.

– Maledetta luce – mormorò il parpaglione in fin di vita. – Io credevo di trovare in te la mia felicità, e invece ci ho trovato la morte. Piango sul mio

Wie der Maulwurf kann auch die Lüge nur leben, wenn sie verborgen bleibt. Sobald sie ans Licht kommt, und sich offenbart, stirbt sie.

Der Schmetterling und das Licht

Ein bunter umherschweifender Schmetterling flatterte eines Abends in der Dunkelheit, als er in einiger Entfernung einen schwachen Lichtschein erblickte. Sofort flog er darauf zu, und als er in der Nähe der Flamme war, umkreiste und betrachtete er sie mit großer Bewunderung. Wie schön sie doch war! Da aber der Schmetterling sich nicht damit zufriedengab, sie nur anzusehen, setzte er sich in den Kopf, mit der Flamme das zu tun, was er gewöhnlich mit duftenden Blüten tat. Er entfernte sich, drehte um, flog dann kühn auf die Flamme zu und als er über sie hinwegflog, streifte er sie. Als er sich neben dem Licht wiederfand, stellte er bestürzt fest, dass ihm ein Bein fehlte und die Spitzen seiner Flügel angesengt waren.

«Was ist passiert?», fragte er sich, ohne eine Erklärung zu finden.

Er konnte sich überhaupt nicht vorstellen, dass ihm von einem so wunderschönen Ding wie dieser Flamme irgendein Schaden zugefügt werden könnte. Nachdem er wieder zu Kräften gekommen war, setzte er deshalb erneut zum Flug an. Er drehte ein paar Runden und steuerte dann wieder auf die Flamme zu, um sich daraufzusetzen. Aber er verbrannte sich und fiel direkt in das Öl, das die lebhafte Flamme nährte.

«Verfluchtes Licht», klagte der Schmetterling bevor er starb. «Ich glaubte in dir mein Glück zu finden und stattdessen fand ich den Tod. Ich weine ob meines törichten Be-

sciocco desiderio, perché ho riconosciuto troppo tardi, e a mie spese, la tua natura pericolosa.

– Povero parpaglione – rispose il lume. – Io non sono il sole, come tu ingenuamente credevi. Io sono soltanto un lume e chi non sa usarmi con prudenza, si brucia.

I gufi e la lepre

Appollaiati sul ramo, due gufi guardavano una lepre correre nel campo.

– Povera lepre – disse un gufo. – Non ha nemmeno il coraggio di tornare nella sua tana.

– Perché? – domandò l'altro.

– Perché ha paura.

– Paura di entrare in casa sua?

– La lepre è fatta così – replicò il gufo che aveva parlato per primo – vive sempre nel terrore, e ora che l'autunno cambia il colore delle foglie e le stacca dai rami, essa non osa nemmeno guardarle; scappa di qua e di là, terrorizzata da questa pioggia di colori.

– Ma allora è vile!

– Certo. E a forza di correre finirà in qualche tagliola, o sotto il tiro dei cacciatori.

Il ragno e la rondine

Era la terza volta che il ragno stendeva il suo filo d'argento tra un albero e l'altro, e ogni volta una rondine beffarda, passando a volo radente, glielo tagliava col becco.

gehrens, denn zu spät und auf meine Kosten habe ich dein gefährliches Wesen erkannt.»

«Armer Schmetterling», antwortete das Licht. «Ich bin nicht die Sonne, wie du einfältigerweise geglaubt hast. Ich bin nur ein Licht, und wer nicht vorsichtig mit mir umzugehen weiß, verbrennt sich.»

Die Uhus und der Hase

Zwei Uhus saßen zusammengekauert auf einem Ast und sahen, wie ein Hase über ein Feld rannte.

«Armer Hase», sagte der eine Uhu. «Er hat nicht einmal den Mut, in seinen Bau zurückzukehren.»

«Warum?», fragte der andere.

«Weil er Angst hat.»

«Angst sein eigenes Heim zu betreten?»

«So ist seine Natur», antwortete der Uhu, der zuerst gesprochen hatte. «Er lebt ständig in Angst, und jetzt, da der Herbst die Farben der Blätter verändert und sie von den Zweigen fallen lässt, wagt er es noch nicht einmal, sie anzusehen. Er rennt von hier nach da, weil ihn dieser Farbenregen erschreckt.»

«Also ist er feige!»

«Ja. Und weil er so viel herumrennt, wird er in einer Falle oder durch den Schuss der Jäger enden.»

Die Spinne und die Schwalbe

Zum dritten Mal spannte die Spinne ihren Silberfaden zwischen zwei Bäume und jedes Mal kam eine spottende Schwalbe in rasantem Flug daher und trennte ihn mit dem Schnabel durch.

– Perché non mi lasci lavorare? – chiese il ragno – Che noia ti do?

– Tu sei un perfido animale – rispose la rondine – e la tela che prepari è una trappola mortale.

– E tu – disse il ragno – che cosa fai? Non voli sempre a bocca aperta per catturare gli insetti? Io, almeno lavoro. Partorisco fuori di me questi fili e con la mia arte li compongo in una mirabile tela; ed essa, come ricompensa, mi dà la preda quando ci resta presa.

La pantera

– Mamma – gridò uno scimmiotto arrampicandosi fino al ramo dove stava sua madre – ho visto una leonessa bellissima!

La scimmia, con due lunghi balzi, si affacciò sulla radura e guardò.

– Non è una leonessa – disse – è più alta di gambe, più sottile e più lunga: è una pantera. Guarda bene il suo mantello: è tutto bianco punteggiato di macchie nere che sembrano rosette.

– Ma è bella, mamma!

– Certo – rispose la scimmia – e lo sa bene anche lei. Tutti gli animali le corrono dietro per ammirarla, ma quando vedono la sua faccia scappano via terrorizzati, perché è terribile. Stai attento, figlio mio. La pantera è furba. Quando si accorge di essere seguita nasconde il viso, e così i suoi ammiratori le si avvicinano tranquilli per godere della sua bellezza. Poi si volta, di scatto, addenta il più vicino e lo divora.

«Warum lässt du mich nicht arbeiten?», fragte die Spinne. «Was störe ich dich?»

«Du bist ein hinterlistiges Tier», antwortete die Schwalbe, «und das Netz, das du vorbereitest, ist eine Todesfalle.»

«Und du», sagte die Spinne, «was machst du? Fliegst du nicht immer mit offenem Schnabel, um Insekten zu fangen. Ich hingegen arbeite wenigstens. Ich bringe diese Fäden hervor und besitze die Gabe, sie zu einem wunderbaren Netz zu weben; dieses wiederum liefert mir zur Belohnung die Beute, wenn sie im Netz hängenbleibt.»

Der Panther

«Mama», rief ein Äffchen, als es auf den Ast kletterte, auf dem seine Mutter saß, «ich habe eine wunderschöne Löwin gesehen.»

Die Affenmutter tat zwei große Sprünge und blickte auf die Lichtung hinaus.

«Das ist keine Löwin», sagte sie daraufhin, «dieses Tier hat längere Beine, ist schmaler und langgestreckt – es ist ein Panther. Schau dir genau sein Fell an: Es ist ganz weiß mit schwarzen Flecken, die wie Röschen aussehen.»

«Aber er ist schön, Mama!»

«Sicherlich», antwortete die Äffin, «und das weiß er auch nur zu gut. Alle Tiere laufen ihm hinterher, um ihn zu bewundern, doch wenn sie sein Gesicht erblicken, rennen sie erschrocken fort, weil es furchtbar ist. Gib acht, mein Sohn. Der Panther ist schlau. Sobald er bemerkt, dass ihm jemand folgt, verbirgt er sein Gesicht, und so nähern sich seine Bewunderer bedenkenlos, um sich seiner Schönheit zu erfreuen. Dann dreht er sich ganz plötzlich um, packt den, der am nächsten steht, mit den Zähnen und verschlingt ihn.»

Il cammello

Il cammello, in ginocchio, aspettava paziente che il suo padrone finisse di caricarlo. Un sacco, due sacchi, tre, quattro … – Ma quando finirà? – diceva fra sé. Alla fine l'uomo schioccò la lingua e il cammello si alzò.

– Andiamo – disse il padrone tirandolo per la briglia. Ma il cammello non si mosse.

– Su, avanti! – gridò l'uomo dando uno strattone alla corda. Ma il cammello, puntando i piedi, restò fermo.

– Ho capito – disse il padrone – e con un sospiro gli tolse due sacchi di sulla groppa.

– Ora il peso mi pare giusto – mormorò fra sé il cammello, e subito si mise in marcia.

Camminarono di buon passo tutto il giorno, e l'uomo pensò di poter arrivare ormai fino al villaggio. Ma il cammello, a un certo punto, si fermò.

– Forza – disse il padrone – ancora poche miglia e siamo arrivati a casa.

Per tutta risposta il cammello si sdraiò per terra.

– Le mie gambe – disse fra sé – mi dicono che per oggi hanno camminato abbastanza.

E l'uomo fu costretto a scaricarlo e a bivaccare nel deserto, per tutta la notte, accanto a lui.

L'avaro

Ogni tanto il rospo allungava il muso e addentava un po' di terra.

– Perché sei sempre così magro? – gli chiese un giorno una coccinella.

Das Kamel

Das Kamel wartete, auf seine Knie gestützt, geduldig, bis sein Herr es beladen hatte. Ein Sack, zwei Säcke, drei, vier … « Wann hört er wohl auf? », dachte es bei sich. Endlich schnalzte der Mann mit der Zunge und das Kamel stand auf.

« Gehen wir », sagte der Herr und zog am Zügel. Aber das Kamel rührte sich nicht vom Fleck.

« Los, vorwärts! », rief er und zerrte heftig am Strick. Aber das Kamel sträubte sich und blieb stehen.

« Ich habe verstanden », sagte der Herr und mit einem Seufzer nahm er zwei Säcke von seinem Rücken.

« Jetzt scheint mir das Gewicht angemessen zu sein », murmelte das Kamel und setzte sich sofort in Bewegung.

So liefen sie schnellen Schrittes den ganzen Tag über und der Mann dachte, er könne noch das Dorf erreichen. Aber irgendwann blieb das Kamel stehen.

« Auf », sagte der Herr, « nur noch wenige Meilen und wir sind zu Hause. »

Aber als Antwort streckte sich das Kamel nur auf dem Boden aus. « Meine Beine bedeuten mir, dass sie für heute genug gelaufen sind », sagte es bei sich.

Und so sah sich der Mann gezwungen, dem Kamel die Last abzunehmen und die Nacht über neben ihm in der Wüste sein Lager aufzuschlagen.

Die Sparsame

Hin und wieder spitzte die Kröte das Maul und biss in ein wenig Erde.

« Wieso bist du immer so dürr? », wurde sie eines Tages von einem Marienkäfer gefragt.

– Perché ho sempre fame – rispose il rospo.
– Ma se ti nutri soltanto di terra! – esclamò il gentile insetto. – Perché non ne mangi a sazietà?
– Perché un giorno – disse con tono lugubre l'avaro – anche la terra potrebbe finire.

La noce e il campanile

Una cornacchia colse una noce e la portò sulla cima di un alto campanile. Tenendo la noce fra le zampe, l'uccello incominciò a picchiarci sopra col becco per aprirla; ma, all'improvviso, la noce rotolò di sotto e scomparve dentro a una fessura del muro.
– Muro, bel muro – supplicò allora la noce sentendosi liberata dal becco mortale della cornacchia – in nome di Dio che è stato con te così buono, avendoti fatto così alto e solido, e ricco di così belle campane che suonano tanto bene, soccorrimi, abbi compassione di me! Io ero destinata a cadere sotto i rami del mio vecchio padre – continuò – per riposarmi nella grassa terra coperta dalle gialle foglie. Non abbandonarmi, ti supplico! Quand'ero nel feroce becco della fiera cornacchia ho fatto un voto: se Dio mi fa scampare da lei, ho detto, prometto di finire il resto dei miei giorni in un piccolo buco.
Le campane, con un lieve mormorio, avvertirono il muro del campanile di stare attento perché la noce poteva essere pericolosa; ma il muro, mosso a compassione, decise di ospitarla permettendole di restare nella fessura dov'era caduta. In breve

«Weil ich immer Hunger habe», antwortete die Kröte.
«Aber wenn du dich doch nur von Erde ernährst!», rief der freundliche Käfer, «warum isst du dich denn nicht daran satt?»
«Weil eines Tages auch die Erde aufgebraucht sein könnte», sagte die sparsame Kröte in düsterem Tonfall.

Die Nuss und der Glockenturm

Eine Krähe pflückte eine Nuss und flog mit ihr auf einen Glockenturm hinauf. Sie hielt die Nuss zwischen ihren Krallen und begann, mit dem Schnabel auf sie einzuhämmern, um sie zu öffnen; aber plötzlich rollte die Nuss hinab und verschwand in einem Mauerspalt.
«Mauer, liebe Mauer», bat die Nuss, die froh war, dass sie dem todbringenden Schnabel der Krähe entkommen war, «im Namen Gottes, der dir gegenüber so großzügig gewesen ist und dich so hoch und stark gemacht hat und reich an so schönen, klangvollen Glocken, hilf mir, hab Mitleid mit mir. Eigentlich war ich dafür bestimmt», erzählte sie weiter, «unter die Äste meines alten Vaters zu fallen, um mich in der reichen, von gelben Blättern bedeckten Erde auszuruhen. Lass mich nicht im Stich, ich flehe dich an. Als ich mich im fürchterlichen Schnabel der stolzen Krähe befand, habe ich einen Schwur geleistet: Wenn Gott mir hilft, der Krähe zu entkommen, dann verspreche ich, den Rest meines Lebens in einem kleinen Loch zu verbringen.»
Die Glocken warnten die Mauer des Glockenturms mit kaum wahrnehmbarem Gemurmel, dass die Nuss gefährlich sein könnte. Aber voll Mitleid entschloss sich die Mauer, die Nuss aufzunehmen, und erlaubte ihr, in dem Spalt zu bleiben, in den sie gefallen war. Kurze Zeit später öffnete

tempo, però, la noce incominciò ad aprirsi e a mettere le radici fra le pietre; poi le radici si fecero largo mentre i rami spuntavano fuori dal buco; i rami crebbero, s'irrobustirono, si alzarono fin sopra al campanile, e le radici, ingrossate e contorte, cominciarono a rompere il muro scacciando via tutte le vecchie pietre. Il muro si accorse troppo tardi che l'umiltà della noce e il suo voto di restare nascosta in un buco non erano sinceri, e si pentì di non aver dato retta alle sagge campane. Il noce continuava a crescere, prepotente e indifferente, e il muro, povero muro, continuava a crollare.

Il bruco

Fermo sopra una foglia il bruco guardava intorno: chi cantava, chi saltava, chi correva, chi volava; tutti gli insetti erano in continuo movimento. Lui solo, poveretto, non aveva voce, non correva e non volava. Con grande fatica riusciva a muoversi, ma così piano, che quando passava da una foglia all'altra gli sembrava di aver fatto il giro del mondo. Eppure non invidiava nessuno. Sapeva di essere un bruco, e che i bruchi dovevano imparare a filare una bava sottilissima per tessere, con arte meravigliosa, la loro casetta. Perciò, con molto impegno, incominciò il suo lavoro. In breve tempo il bruco si trovò chiuso in un tiepido bozzolo di seta, isolato dal resto del mondo.

– E ora? – si chiese.

– Ora aspetta – gli rispose una voce. – Ancora un po' di pazienza e vedrai.

sich die Nuss und begann zwischen den Steinen Wurzeln zu schlagen. Dann breiteten sich die Wurzeln immer mehr aus und Zweige ragten aus der Lücke hervor. Sie wuchsen, wurden immer stärker und reichten bald über den Glockenturm hinaus, und die dicken, gewundenen Wurzeln begannen, die Mauer zu sprengen und alle alten Steine beiseite zu schieben. Die Mauer bemerkte zu spät, dass die Bescheidenheit der Nuss und ihr Versprechen, in einem kleinen Loch verborgen zu bleiben, nicht ehrlich gemeint waren, und sie bereute, dass sie nicht auf die weisen Glocken gehört hatte. Der Nussbaum wuchs weiter, überheblich und gleichgültig, und die Mauer, die arme Mauer zerfiel immer mehr.

Die Raupe

Die Raupe saß still auf einem Blatt und blickte um sich. Die anderen Tiere sangen, hüpften, rannten oder flogen; alle Insekten waren ständig in Bewegung. Nur die arme kleine Raupe hatte keine Stimme und konnte weder rennen noch fliegen. Mit großer Mühe gelang es ihr, sich fortzubewegen, aber so langsam, dass es ihr, wenn sie von einem Blatt aufs andere kroch, vorkam, als habe sie eine Weltreise unternommen. Und trotzdem beneidete sie die anderen nicht. Sie wusste, dass sie eine Raupe war und dass die Raupen lernen müssen, einen dünnen Faden herzustellen, um mit bewundernswerter Kunstfertigkeit ihre Behausung zu weben. Daher nahm sie eifrig ihre Arbeit auf. Kurze Zeit später war die Raupe in einem seidenen Kokon eingeschlossen, abgeschnitten vom Rest der Welt.

«Wie geht es nun weiter?», fragte sie sich.

«Warte», antwortete ihr eine Stimme. «Hab noch ein wenig Geduld und du wirst es sehen.»

Al momento giusto il bruco si destò, e non era più un bruco. Uscì fuori dal bozzolo, con due ali bellissime, dipinte di vivi colori, e subito si levò alto nel cielo.

I dragoni e le anatre

Tutte le anatre si levarono in volo dalla palude: qualcuno le aveva avvertite in tempo, prima che i dragoni le attaccassero. Dall'alto, esse videro infatti, sulla riva, un gran numero di serpenti: avevano tutti una cresta e grosse zampe munite di artigli. I dragoni decisero di attraversare la palude per andare in cerca di cibo sull'altra sponda, ma non sapevano nuotare. Allora si intrecciarono gli uni con gli altri, si disposero come la trama di un tessuto, facendo una sola superficie che sembrava un enorme graticcio, e tenendo tutti la testa fuori dall'acqua attraversarono insieme la palude come se fossero stati una zattera.

– Lo vedete? – gridò l'anatra più anziana alle compagne. – Vedete che cosa si può fare a stare uniti?

Im richtigen Moment wachte die Raupe auf – und war keine Raupe mehr. Sie verließ den Kokon mit zwei wunderschönen, farbenprächtigen Flügeln und erhob sich alsbald gen Himmel.

Die Drachen und die Enten

Alle Enten erhoben sich im Fluge aus dem Sumpf, denn jemand hatte sie rechtzeitig gewarnt, bevor die Drachen sie angriffen. Aus der Höhe konnten sie tatsächlich eine große Anzahl von Schlangen erkennen. Sie hatten alle einen Kamm und mächtige, mit Krallen bewehrte Tatzen. Die Drachen beschlossen, den Sumpf zu durchqueren, um am anderen Ufer nach Nahrung zu suchen, aber sie konnten nicht schwimmen. Daher haben sie sich ineinander verschlungen wie das Webmuster eines Stoffes und bildeten eine Fläche, die wie ein riesiges Gitterwerk aussah, und gemeinsam durchquerten sie den Sumpf wie ein Floß, wobei sie die Köpfe aus dem Wasser reckten.
«Seht ihr das?», rief die älteste Ente den anderen zu. «Seht ihr, was man mit vereinten Kräften erreichen kann?»

La lumerpa

Nelle solitarie montagne dell'Asia vive un uccello meraviglioso. Il suo canto è dolcissimo, il suo volo maestoso. Il suo corpo non fa ombra perché le sue piume e le sue penne risplendono di tanta luce da uguagliare quella del sole. Anche da morto questo uccello sembra vivo: infatti il suo corpo non si corrompe e le sue penne luminose continuano a risplendere come quando era vivo. Però, se qualcuno osa staccare una penna per farsi luce, questa si spegne immediatamente. Questo uccello rarissimo si chiama lumerpa; ed è simile alla fama, che rimane intatta e continua a risplendere anche dopo la morte, e che nessuno può usurpare.

Crudeltà

C'era una volta un animale, mezzo uccello e mezzo serpente, chiamato basilisco. Sulla testa aveva una cresta paurosa che gli arrivava fino in mezzo al dorso, la sua coda era lunga e le sue ali somigliavano a quelle del pipistrello. Tutti gli animali, grandi e piccoli, erano terrorizzati dalla sua presenza perché quel mostro aveva il veleno nello sguardo. Bastava che puntasse gli occhi su un uccellino o sopra un elefante, e quelli, subito, morivano. Nessun animale scampava a quello sguardo assassino: nella foresta le vittime aumentavano di giorno in giorno. Gli animali allora decisero di fuggire: approfittando della notte per abbandonare tutti insieme le tane e i nidi, si trasferirono in una selva lontana. Il giorno

Die Lumerpa

In den abgelegenen Bergen Asiens lebt ein wunderbarer Vogel. Sein Gesang ist lieblich, sein Flug majestätisch. Sein Körper wirft keinen Schatten, weil sein Flaum und seine Federn fast so glänzen wie die Sonne. Selbst wenn er tot ist, scheint dieser Vogel zu leben. Tatsächlich verwest sein Körper nicht und seine leuchtendhellen Federn glänzen weiter, ganz so, als wäre er noch am Leben. Wenn jedoch jemand versuchen sollte, ihm eine Feder zu rauben, um sich zu leuchten, erlischt der Glanz der Feder auf der Stelle. Dieser seltene Vogel heißt Lumerpa. Er gleicht dem Ruhm, der auch über den Tod hinaus bestehen bleibt und leuchtet, und den niemand an sich reißen kann.

Grausamkeit

Es war einmal ein Tier, halb Vogel und halb Schlange, das Basilisk genannt wurde. Auf dem Kopf trug es einen furchterregenden Kamm, der den halben Rücken herabreichte, sein Schwanz war lang und die Flügel glichen denen der Fledermaus. Alle Tiere, groß und klein, fürchteten sich vor ihm, denn dieses Monster hatte einen tödlich-giftigen Blick. Es reichte, dass es die Augen auf ein Vögelchen oder einen Elefanten richtete, und sie starben sofort. Kein Tier entkam seinem mörderischen Blick und im Wald nahm die Zahl der Opfer von Tag zu Tag zu. Deshalb beschlossen die Tiere zu fliehen; im Schutze der Nacht verließen sie gemeinsam die Höhlen und Nester und begaben sich in einen weit entfernten Wald. Am nächsten Tag begab sich der Basilisk erneut auf seine er-

dopo il basilisco ricominciò la sua caccia spietata, ma non trovò più nemmeno un animale. Allora, furibondo, fissò gli occhi sugli alberi, e gli alberi si seccarono. Li fissò sull'erba, e l'erba inaridì. Quella bella foresta diventò un deserto.

barmungslose Jagd, doch er fand kein einziges Tier. Daher richtete er wutentbrannt seinen Blick auf die Bäume, und die Bäume wurden dürr. Er sah das Gras an, und das Gras vertrocknete. Der schöne Wald wurde zur Wüste.

Facezie

Le facezie sono racconti umoristici o battute spiritose che Leonardo aveva sentito o letto da qualche parte e poi annotato. Furono recitate a corte per divertimento, perché Leonardo amava ridere e sapeva far ridere anche gli altri. Alcune delle facezie sono satiriche, anticlericali, altre testimoniano il suo umore a volte grossolano. Non si distinguono per uno stile raffinato, visto che non erano state ideate per una pubblicazione. Si tratta di appunti ad esclusivo per uso personale, che sono dispersi in vari manoscritti.

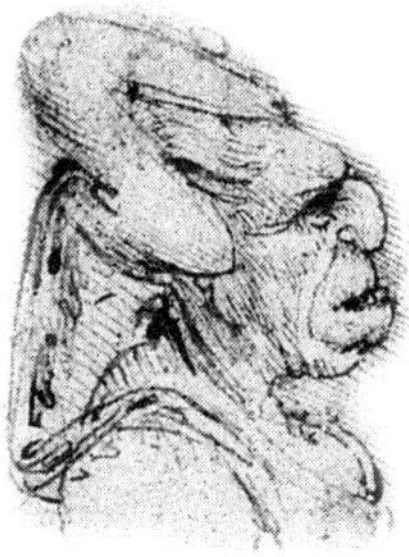

Un frate e il mercante

I frati minori durante la quaresima hanno l'obbligo di non mangiare carne nei loro conventi, ma in caso di viaggio, vivendo essi di elemosine, hanno il permesso di mangiare ciò che viene loro offerto. Essendo in viaggio, una coppia di frati in un'osteria in compagnia di un certo mercante, si trovarono al medesimo tavolo al quale fu portato a causa della povertà dell'osteria null'altro che un unico pollo cotto. Il mercante,

Schwänke

Die *Facezie* sind lustige Erzählungen oder Schwänke, die Leonardo in seinem Umfeld aufgeschnappt und dann aufgeschrieben hat. Sie wurden zur Belustigung bei Hofe rezitiert, denn Leonardo lachte selbst gern und konnte auch andere zum Lachen bringen. Einige der Schwänke sind satirisch oder antiklerikal, andere zeugen von derbem Humor. Sie zeichnen sich nicht durch eleganten Stil aus, da sie nie zur Veröffentlichung gedacht waren. Es handelt sich um persönliche Aufzeichnungen, die auf verschiedene Manuskripte verstreut sind.

Mönch und Händler

Solange die Mönche im Kloster leben, sind sie während der Fastenzeit verpflichtet, kein Fleisch zu essen. Da sie aber, wenn sie auf Reisen sind, von Almosen leben, haben sie die Erlaubnis, zu essen, was ihnen angeboten wird. So fanden sich auf einer Reise zwei Mönche in Gesellschaft eines Händlers in einer Herberge am selben Tisch wieder. Da die Herberge sehr ärmlich war, wurde ihnen nichts als ein gekochtes Huhn aufgetischt. Als der Händler sah, dass die-

vedendo che questo pollo era poco per lui, si rivolse ai frati e disse: – Se io mi ricordo bene, voi non mangiate della carne in questi giorni. A queste parole i frati furono costretti, per la loro regola, a confermare tale verità. Così il mercante ebbe tutto il pollo per sé e i frati fecero del loro meglio.

Dopo pranzo, i commensali partirono tutti e tre insieme e dopo un certo tempo giunsero a un fiume molto largo e profondo. Essendo tutti e tre a piedi, i frati per povertà e l'altro per avarizia, fu necessario che uno dei frati, che era scalzo, si caricasse sulle spalle il mercante. E così, questo frate, trovandosi in mezzo al fiume con il mercante sulle spalle, si ricordò di una delle sue regole di San Cristoforo. Alzò la testa verso il suo passeggero e gli chiese: – Dimmi un po', hai per caso del denaro con te? Il mercante rispose: – Tu sai bene, che mercante sarei se girassi senza denaro? – Oimé – disse il frate, – la nostra regola ci vieta di portare denaro addosso. E subito gettò il mercante in acqua. Il mercante si irritò moltissimo ma pacificamente ridendo, arrossendo di vergogna, sopportò la vendetta.

Gli occhi dallo strano colore

Un uomo disse a un suo conoscente: – Tu hai gli occhi modificati in uno strano colore. E continuò: – Ma tu non ci hai posto cura? E quando ti è successo questo? L'altro gli rispose: – Ogni volta che i miei occhi vedono il tuo viso strano, subito s'impallidiscono e si trasformano in uno strano colore per la violenza ricevuta da questo grande dispiacere.

ses Huhn ihn kaum sättigen konnte, wandte er sich an die Mönche und sagte: «Wenn ich mich recht erinnere, dürft ihr dieser Tage kein Fleisch essen.» Dem mussten die Mönche ihrer Ordensregel entsprechend zustimmen. So hatte der Händler das Huhn ganz für sich alleine und die Mönche arrangierten sich, so gut sie konnten.

Nach dem Mahl brachen die drei Tischgenossen gemeinsam auf und erreichten nach einer Weile einen sehr breiten und tiefen Fluss. Da sie alle drei zu Fuß unterwegs waren – die Mönche aus Armut, der Händler aus Geiz –, musste einer der Mönche, der barfuß ging, den Händler auf die Schultern nahm. Und wie es so kommt, erinnerte sich der Mönch, als er mit dem Händler auf den Schultern mitten im Fluss stand, an eine der Ordensregeln des heiligen Christophorus. Er blickte zu seinem Passagier auf und fragte ihn: «Sag mal, trägst du etwa Geld bei dir?» Der Händler antwortete: «Du weißt doch wohl, was für ein Händler ich wäre, wenn ich ohne Geld reiste.» «O je», sagte der Mönch, «unsere Ordensregel verbietet uns, Geld mit uns zu führen.» Und er ließ den Händler auf der Stelle ins Wasser fallen. Der war sehr entzürnt, ertrug aber friedlich lächelnd und rot vor Scham die Rache.

Augen von seltsamer Farbe

Ein Mann sagte zu einem Bekannten: «Deine Augen haben eine seltsame Farbe.» Und er fragte weiter: «Hast du denn nichts dagegen unternommen? Und wann ist dir das denn passiert?» Darauf antwortete dieser: «Jedes Mal wenn meine Augen dein seltsames Gesicht erblicken, werden sie sofort blass und bekommen eine seltsame Farbe ob der Gewalt, die ihnen durch solch großes Missfallen angetan wird.»

Il paese in cui nascevano le cose più strane

Un uomo raccontò che nel suo paese nascevano le cose più strane del mondo. L'altro rispose: – Tu che ci sei nato, confermi che ciò è vero per la stranezza della tua brutta presenza.

La lavandaia e il prete

Una donna lavava i panni e a causa del freddo aveva i piedi molto rossi, e un prete passandole vicino, le domandò con ammirazione da dove veniva tale rossore. La donna subito rispose che tale effetto accadeva, perché lei aveva il fuoco sotto. Allora il prete mise mano a quel membro, che lo fece essere più prete che monaca e avvicinandosi alla donna la pregò con voce dolce e sommessa di accendergli per cortesia quella candela.

Il prete e il pittore

Mentre un prete girava per la sua parrocchia il sabato santo e dava, com'è usanza, la benedizione con l'acqua santa in tutte le case, capitò nella stanza di un pittore. Avendo sparso dell'acqua sopra alcune delle sue pitture, il pittore, voltatosi indietro, si irritò fortemente e gli chiese perché avesse sparso l'acqua sopra le sue pitture. Il sacerdote ribadì che questa era l'usanza e che era il suo dovere fare così e che faceva bene e chi fa del bene, deve aspettarsi un bene ancora maggiore, così prometteva Dio, e che per ogni bene fatto sulla terra, uno sarebbe stato premiato

Der Ort, an dem die seltsamsten Dinge entstehen

Ein Mann erzählte, dass in seinem Dorf die seltsamsten Dinge der Welt hervorgebracht würden. Der andere antwortete: Du bist dort geboren und bestätigst somit aufgrund deiner hässlichen Gestalt, dass dies wahr ist.

Die Wäscherin und der Priester

Eine Frau wusch Wäsche, und da es sehr kalt war, hatte sie ganz rote Füße. Als ein Priester vorbeikam, fragte er verwundert, wieso sie so rote Füße habe. Die Frau antwortete ihm schlagfertig, dies komme daher, dass sie Feuer unter sich habe. Daraufhin berührte der Priester den Körperteil, der ihn von einer Nonne unterschied, stellte sich neben die Wäscherin und bat sie mit süßer, unterwürfiger Stimme, sie möge doch so freundlich sein, seine Kerze anzuzünden.

Der Priester und der Maler

Als ein Priester am Karsamstag durch seine Pfarrei spazierte und, wie es so Brauch war, die Häuser mit Weihwasser segnete, kam er auch zum Hause eines Malers. Nachdem er einige von dessen Bildern mit Weihwasser besprengt hatte, drehte der Maler sich zu ihm um und fragte ihn äußerst verärgert, warum er seine Bilder mit Wasser bespritzt habe. Daraufhin antwortete der Priester, dass das so Brauch sei und er damit seiner Pflicht nachkomme. Er tue damit Gutes, und wer Gutes tue, der dürfe ein noch größeres Gut erwarten; so hat Gott es versprochen, und für jede gute Tat, die man auf Erden

dall'alto con un bene cento volte superiore. Allora il pittore, aspettato l'uscita del sacerdote, si affacciò alla finestra e gli gettò addosso un gran secchio d'acqua, dicendo: – Ecco che dall'alto ti viene restituito cento volte, come tu dicesti che sarebbe accaduto del bene, che mi facevi con la tua acqua santa con la quale mi hai rovinato metà dei miei quadri.

Un pittore dai brutti figli

A un pittore fu chiesto perché avendo dipinto delle figure così belle, che erano cose morte, avesse fatto dei figli così brutti. Allora il pittore rispose che le pitture le aveva fatte di giorno e i figli di notte.

L'illegittimo

Uno rimproverò a un uomo per bene che non era legittimo. A costui lui rispose di essere legittimo secondo l'ordine della specie umana e secondo la legge di natura, ma che lui secondo una era bastardo, perché lui si comportava più da bestia che da uomo, e secondo la legge degli uomini non aveva la certezza di esser legittimo.

begeht, werde man von oben hundertmal belohnt. Der Maler wartete, bis der Priester sein Atelier verlassen hatte, ging dann ans Fenster, schüttete dem Priester einen großen Eimer Wasser über und sagte: «Hier wirst du, wie du selbst gesagt hast, von oben hundertmal für deine gute Tat belohnt, durch die du mir die Hälfte meiner Bilder ruiniert hast.»

Der Maler mit den hässlichen Kindern

Ein Maler wurde gefragt, warum er so hässliche Kinder in die Welt gesetzt habe, wo er doch so schöne, leblose Figuren malen könne. Daraufhin antwortete der Maler, dass er die Gemälde bei Tag gemacht habe und die Kinder bei Nacht.

Der Bastard

Einem anständigen Mann wurde vorgeworfen, dass er nicht legitim sei. Daraufhin antwortete dieser, er sei gemäß den Regeln der menschlichen Gattung und nach den Gesetzen der Natur legitim, der andere jedoch in einer Hinsicht ein Bastard, denn er verhalte sich eher wie ein Tier als wie ein Mensch und sei also gemäß den Gesetzen der Menschen mit Sicherheit nicht legitim.

Il ladro e il merciaio

Un ladro sapendo che un suo conoscente merciaio conservava una grande somma in una cassa nella sua bottega, pensò di rubargliela e a mezzanotte entrò nella bottega di questo merciaio, deciso a eseguire tale piano, ma fu sopraggiunto in bottega dal rumore del grande catenaccio che venivano aperti. E con grande spavento il merciaio, dopo aver visto attraverso le fessure la luce del ladro, chiuse da fuori il catenaccio. E chiuso il ladro in bottega corse a chiamare aiuto. Allora il ladro, trovandosi chiuso dentro, ricorse a una via di scampo e accese un paio di candelieri del merciaio e tirò fuori un paio di carte da gioco, gettando una mano perdente per terra e mantenendo per sé una mano vincente. E così aspettò l'arrivo del commissario, che giunse subito con le guardie. Quando il ladro sentì che la porta veniva aperta, gridò: – In nome di Dio, mi hai chiuso dentro perché non mi vuoi pagare i soldi che ho vinto. E io ti giuro che tu dovrai rispettare gli accordi. Non si vuole giocare con chi non vuole perdere. Tu mi hai fatto giocare per forza e poi, quando una volta perso, scappi fuori dal negozio con i tuoi soldi e con i miei e mi chiudi dentro perché io non ti possa correre dietro. E così detto mise la mano sul portafoglio per tirarglielo via dal lato. Allora le guardie costrinsero il merciaio a dare i soldi a quello che affermava che erano suoi.

Der Dieb und der Kurzwarenhändler

Da ein Dieb wusste, dass ein ihm bekannter Händler in der Kasse seines Geschäfts reichlich Geld aufbewahrte, dachte er es ihm zu stehlen. Um Mitternacht verschaffte er sich Zutritt zum Geschäft dieses Händlers und wollte seinen Plan ausführen, wurde dort aber von dem Geräusch der mächtigen Ketten überrascht, die soeben geöffnet wurden. Als der Händler jedoch durch die Ritzen sah und das Licht des Diebes erblickte, schloss er mit großem Entsetzen die Kette wieder von außen. Nachdem er den Dieb im Geschäft eingeschlossen hatte, rannte er los, um Hilfe zu holen. Als der Dieb nun bemerkte, dass er gefangen war, überlegte er sich sofort einen Ausweg. Er zündete einige Leuchter des Händlers an, kramte ein Kartenspiel hervor, warf ein Verliererblatt zu Boden und behielt selbst ein siegreiches Blatt auf der Hand. So wartete er auf das Eintreffen des Kommissars, der bald mit seinen Wachleuten kam. Sobald der Dieb hörte, dass die Tür des Geschäfts geöffnet wurde, rief er: «Gott sei mein Zeuge, du hast mich hier eingesperrt, um mir meinen Gewinn nicht zahlen zu müssen. Ich schwöre dir, dass du dich an die Abmachungen halten wirst. Man spielt nicht gern mit jemandem, der nicht verlieren kann. Du hast mich zum Spielen überredet, und dann, als du verloren hast, verlässt du mit deinem und meinem Geld fluchtartig das Geschäft und schließt mich hier ein, damit ich dir nicht hinterherrennen kann.» Als er dies gesagt hatte, griff er mit einer Hand nach dem Beutel des Händlers und wollte ihn wegreißen. Daraufhin veranlassten die Wachleute den Händler, das Geld dem zu geben, der es als das seine reklamierte.

La correggia

Due camminavano di notte per una via dubbiosa, quando quello che camminava davanti fece un grande rumore col culo, allora l'altro disse: – Compagno, adesso vedo quanto mi ami. – Come? – disse l'altro, al che l'altro rispose: – Tu mi porgi la correggia perch'io non cada, né mi perda da te.

Il viaggiatore e la gabella

Un uomo andò a Modena e dovette pagare cinque soldi di gabella per il suo transito. A causa di questo cominciò a fare gran clamore esprimendo il suo stupore e così attrasse a sé molte persone circostanti, che gli domandarono perché si meravigliasse tanto. Maso gli rispose: – Perché non mi devo meravigliare del fatto che tutto un uomo non paghi solamente cinque soldi, mentre a Firenze io, solo per metter dentro il cazzo, dovetti pagare dieci ducati d'oro, e qui metto il cazzo e i coglioni e tutto il resto per un dazio così piccolo? Dio salvi e mantenga tale città e chi la governa!

Il dormiglione

Si chiese a una persona di alzarsi dal letto, perché il sole si era già alzato al che lui rispose:

Der Riemen*

Als zwei Männer nachts eine unsichere Straße entlangliefen, ließ derjenige, der vorneweg ging, plötzlich einen lauten Furz entfahren, woraufhin der andere sagte: «Freund, jetzt merke ich, wie sehr du mich magst.» «Wie?» fragte der eine. Darauf der andere: «Du reichst mir den Riemen, damit ich weder stürze noch mich verlaufe.»

Der Reisende und der Zoll

Ein Mann kam nach Modena und sollte fünf Groschen als Zoll bezahlen. Infolgedessen begann er lautstark seiner Verwunderung Ausdruck zu verleihen, woraufhin einige der Umstehenden herbeikamen und wissen wollten, weshalb er denn so erstaunt sei. Maso erwiderte daraufhin: «Wie sollte ich nicht staunen, dass ein ganzer Mann hier nur fünf Groschen für den Eintritt in die Stadt zahlen muss und ich in Florenz, nur um meinen Schwanz reinzuschieben, zehn Golddukaten zahlen musste. Hier komme ich mit Schwanz, Eiern und dem ganzen Rest gegen eine solch geringe Gebühr hinein. Gott segne und behüte diese Stadt und diejenigen, die sie regieren.»

Der Langschläfer

Da die Sonne schon längst aufgegangen war, wurde ein Mann aufgefordert, sich vom Bett zu erheben, woraufhin

* Wortspiel
la correggia bedeutet *la cinghia* oder *la scorreggia* (volg.), dt.: der Gürtel oder der Furz/Bauchwind (vulg.)

– Se io avessi a fare un viaggio lungo quanto quello del sole, anch'io mi sarei già alzato, però dovendo fare poca strada, ancora non mi voglio alzare.

Il vecchio e il giovane

Un vecchio disprezzò pubblicamente un giovane mostrando audacemente di non temerlo, al che il giovane rispose che la sua lunga età gli faceva scudo migliore della lingua o della forza.

dieser erwiderte: «Wenn ich solch eine lange Reise vor mir hätte wie die Sonne, wäre ich auch schon aufgestanden, da ich aber nur wenig Weg vor mir habe, möchte ich noch nicht aufstehen.»

Der Alte und der Junge

Ein Alter verspottete öffentlich einen jungen Mann und zeigte ihm mutig, dass er ihn nicht fürchtete, woraufhin der junge Mann ihm antwortete, dass sein hohes Alter ihm ein besserer Schutzschild sei als die Sprache oder die Stärke.

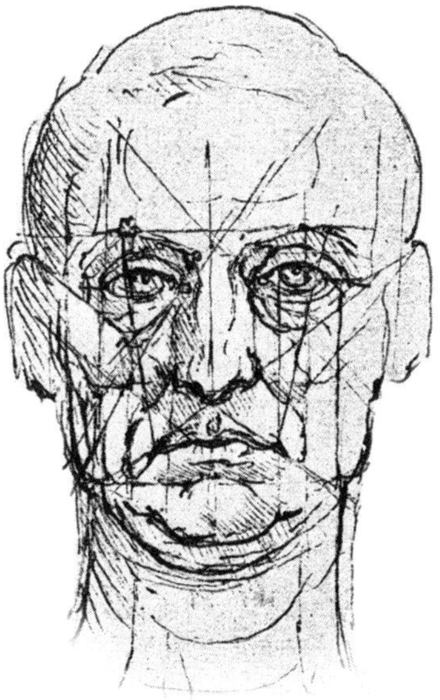

Aforismi e proverbi

Sui bordi dei manoscritti sono stati trovati numerosi appunti spontanei che non trovano corrispondenza coi contenuti e disegni di questi fogli. Si tratta di motti, proverbi, pensieri, frammenti dagli scritti metodici e idee per futuri progetti. I principali argomenti trattati spaziano su tematiche quali natura, scienza e morale e rispecchiano la visione leonardesca del mondo.

L'occhio è la finestra dell'anima.

Critica l'amico in segreto, lodalo in pubblico.

Chi non punisce il male consente che lo si faccia.

Chi non stima la vita non la merita.

Amor ogni cosa vince.

Non si deve desiderare l'impossibile.

Chi piglia la biscia per la coda, quella poi lo morde.

Chi scava la fossa, questa gli cade addosso.

La natura non va contro le sue leggi.

Aphorismen und Sprichwörter

Auf den Rändern von Leonardos Manuskripten finden sich zahlreiche spontane Notizen, die nichts mit den Schriften und Zeichnungen auf diesen Blättern zu tun haben. Es handelt sich um Sprüche, Sprichwörter, Gedanken und Fragmente aus seinen methodischen Schriften und Ideen für künftige Werke. Thematisch beschäftigen sie sich hauptsächlich mit Natur, Wissenschaft und Moral und spiegeln Leonardos Weltvorstellung wider.

Das Auge ist das Fenster der Seele.

Tadele einen Freund im Geheimen, lobe ihn öffentlich.

Wer das Böse nicht bestraft, lässt zu, dass es getan wird.

Wer das Leben nicht zu schätzen weiß, verdient es nicht.

Die Liebe besiegt alles.

Wünsche dir nicht das Unmögliche.

Wer die Schlange beim Schwanz packt, wird von ihr gebissen.

Wer eine Grube gräbt, wird darin begraben.

Die Natur bricht nicht ihre eigenen Gesetze.

E' più difficile intendere le opere della natura che il libro d'un poeta.

Nessuna cosa è più ingannevole che il nostro giudizio.

Chi vuol essere ricco in un giorno è impiccato in un anno.

Credevo di vivere, mi preparavo a morire; credevo di morire, mi stavo solo preparando a vivere.

La preghiera nasce quando la speranza muore.

Ci si domanda se gli angeli sono nudi.

Nessuna cosa è da temere più che la sozza fama.

Una volta che avrete imparato a volare, camminerete sulla terra guardando il cielo perché è là che siete stati ed è là che vorrete tornare.

Quando lo spirito non collabora con le mani non c'è arte.

Es ist viel schwieriger, die Werke der Natur zu verstehen als das Buch eines Dichters.

Nichts trügt uns mehr als unser eigenes Urteil.

Wer an einem Tag reich werden möchte, wird in einem Jahr gehängt sein.

Ich glaubte zu leben, bereitete mich aber aufs Sterben vor; ich glaubte zu sterben, doch ich bereitete mich nur aufs Leben vor.

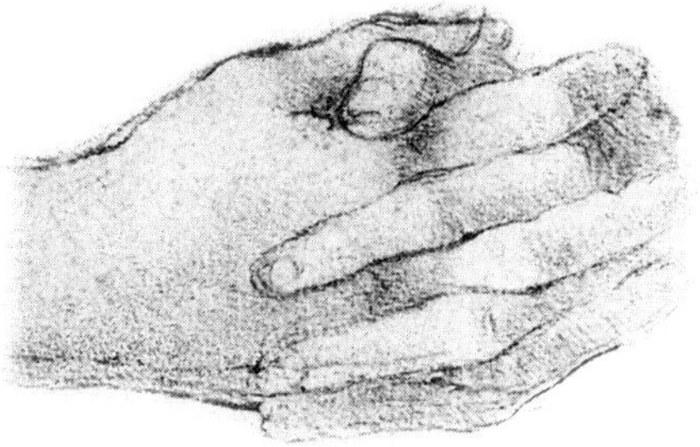

Das Gebet wird geboren, wenn die Hoffnung stirbt.

Man fragt sich, ob die Engel nackt sind.

Nichts ist so sehr zu fürchten wie der schlechte Ruf.

Wenn ihr einmal gelernt habt zu fliegen, werdet ihr auf der Erde umhergehen und den Himmel betrachten, weil ihr von dort gekommen seid und dorthin zurückkehren wollt.

Wenn der Geist nicht mit den Händen zusammenarbeitet, kann es keine Kunst geben.

La sapienza è figlia dell'esperienza.

Il moto è causa di ogni vita.

Quelli che si innamorano della pratica senza la conoscenza sono come il timoniere che sale sulla nave senza timone o bussola, che non ha mai la certezza su dove si vada.

Nessun effetto è in natura senza ragione; intendi la ragione e non ti serve l'esperienza.

Così come una giornata ben spesa dà lieto dormire, così una vita bene usata dà lieto morire.

La vita ben spesa è lunga.

È altrettanto facile parlare bene di una persona scarsa quanto parlare male di una persona buona.

Chi taglia la pianta, quella si vendica con la sua ruina. Chi non rispetta la vita non la merita. L'uccisione di un animale verrà considerata alla stessa stregua dell'uccisione di un uomo.

Chi pensa poco sbaglia molto.

La bocca uccide più del coltello.

Chi ha più proprietà, più deve temere di non perderla.

Die Weisheit ist die Tochter der Erfahrung.

Die Bewegung ist Ursache alles Lebens.

Diejenigen, die nur die Tätigkeit lieben und das Wissen nicht achten, sind wie der Steuermann, der ein Schiff ohne Steuer oder Kompass besteigt und nie Gewissheit hat, wohin er fährt.

Nichts geschieht in der Natur ohne Grund. Verstehe den Grund und du benötigst keine Erfahrung.

So wie ein gut verbrachter Tag ruhig schlafen lässt, lässt ein gut genutztes Leben ruhig sterben.

Ein gut gelebtes Leben ist lang.

Es ist ebenso leicht, Gutes über eine schlechte Person, wie Schlechtes über eine gute Person zu sagen.

Wer die Pflanze abschneidet, den bestraft sie mit ihrem Verderb. Wer das Leben nicht achtet, verdient es nicht. Die Tötung eines Tieres wird genauso verurteilt werden, wie die Tötung eines Menschen.

Wer wenig denkt, irrt viel.

Der Mund tötet mehr Menschen als das Messer.

Je größer der Besitz, desto größer die Furcht, alles zu verlieren.

Cogli la gramigna perché le erbe buone crescano.

Nessuna azione naturale si può abbreviare.

Chi non frena il desiderio, con le bestie si accompagna.

Ogni nostra cognizione comincia dai sentimenti.

Siccome il mangiare senza voglia è dannoso alla salute, così lo studio senza desiderio rovina la memoria, e non trattiene quello che ha letto.

Se tu a me, e io a te.

Come il ferro si arrugginisce senza l'utilizzo e l'acqua si putrefà o nel freddo si ghiaccia, così l'ingegno senza esercizio si guasta.

Non esser bugiardo del passato.

Si vedono più certe le cose nei sogni che con l'immaginazione quando si è svegli.

Jäte das Unkraut, damit das gute Kraut wachsen kann.

Kein natürliches Geschehen kann abgekürzt werden.

Wer seine Lust nicht zügeln kann, begibt sich in die Gesellschaft der Tiere.

All unsere Erkenntnis beginnt mit den Empfindungen.

So wie Essen ohne Appetit der Gesundheit abträglich ist, schadet Lernen ohne Verlangen dem Gedächtnis, es behält nicht, was es aufgenommen hat.

Wie du mir, so ich dir.

So wie das Eisen rostet, wenn es nicht benützt wird, und das Wasser fault oder bei Kälte gefriert, so verdirbt auch der Geist, wenn er nicht gebraucht wird.

Verleugne nicht die Vergangenheit.

In den Träumen sieht man die Dinge klarer als in der Vorstellung in wachem Zustand.

L'ignoranza ci acceca e ci trae inganno. O miseri mortali, aprite gli occhi!

La passione dell'animo caccia via la lussuria.

Siccome l'animosità è pericolo di vita, così la paura è sicurezza di quella.

Scarso è quel discepolo che non supera il maestro.

La paura nasce più velocemente che ogni altra cosa.

L'acqua che tocchi dei fiumi è l'ultima di quella che andò e la prima di quella che viene. Così il tempo presente.

Ogni danno lascia dispiacere nel ricordo salvo che il sommo danno, cioè la morte, che uccide esso ricordo insieme colla vita.

Moralia

Io ti ubbidisco, Signore, prima per l'amore che ragionevolmente ti devo portare, secondariamente perché tu sai abbreviare o prolungare le vite agli uomini.

Gli uomini si lamentano a torto della fuga del tempo, incolpando quello di troppa velocità, senza accorgersi del suo transito. Ma la buona memoria di cui la natura ci ha dotato, fa sì che

Das Nichtwissen macht uns blind und trügt uns. O arme Sterbliche, öffnet die Augen!

Die Leidenschaft des Geistes verjagt die Wollust.

So wie Mut das Leben gefährdet, beschützt es die Angst.

Schwach ist der Schüler, der seinen Meister nicht übertrifft.

Die Angst entsteht schneller als alles andere.

Das Wasser, das du in Flüssen berührst, ist das letzte von dem, was vergangen ist, und das erste von dem, was kommen wird. So auch die Gegenwart.

Jedes Übel hinterlässt in der Erinnerung Kummer, mit Ausnahme des größten Übels, des Todes nämlich, der mit dem Leben die Erinnerung auslöscht.

Moralia

Ich gehorche dir, Herr, erstens aus Liebe, die ich dir vernünftigerweise entgegenbringen muss, und zweitens, weil nur du das Leben der Menschen abkürzen oder verlängern kannst.

Die Menschen beklagen zu Unrecht das Verrinnen der Zeit, sie geben ihr die Schuld, dass sie zu schnell vergeht, doch nehmen sie ihren Verlauf gar nicht wahr. Das gute Gedächtnis aber, mit dem die Natur uns ausgestattet hat,

ogni cosa passata da molto tempo ci sembra essere presente.

Acquista cosa nella tua gioventù, che restauri il danno della tua vecchiezza. E se tu credi che la vecchiaia sia alimentata dalla sapienza, adoperati in tal modo in gioventù, che nella vecchiaia non manchi il nutrimento.

L'uomo ha una grande arte oratoria, la maggior parte della quale è inutile e falsa, gli animali l'hanno piccola ma è utile e vera; e meglio è la piccola certezza che la gran bugia.

ermöglicht es, dass uns auch längst vergangene Ereignisse ganz gegenwärtig erscheinen.

Erwirb genügend Dinge in deiner Jugend, damit sie den Makel des Alters ausgleichen können. Und wenn du begreifst, dass man sich im Alter von Weisheit ernährt, bemühe dich in der Jugend, damit es dir im Alter an Nahrung nicht fehle.

Der Mensch beherrscht in hohem Maß die Kunst des Redens, doch ist der größte Teil davon nutzlos und falsch. Die Tiere besitzen wenig davon, aber sie ist nützlich und wahr. Besser die kleine Gewissheit als die große Lüge.

Profezie e indovinelli

Le profezie furono scritte probabilmente negli ultimi anni che Leonardo trascorse alla corte degli Sforza a Milano e le recitò, come le facezie, per divertimento. Molto spesso si basano su giochi di parole e la battuta sta nelle risposte o nelle spiegazioni che il pubblico doveva indovinare. Quindi le profezie di Leonardo sono piuttosto degli indovinelli e parodie delle profezie «vere» molto popolari a quei tempi.

L'acqua del mare si alzerà sopra le alte cime dei monti verso il cielo e ricadrà sopra alle abitazioni degli uomini.

Cioè per nugoli

Si vedranno i padri donare le loro figlie alla lussuria degli uomini e premiarli e abbandonare ogni precedente prudenza.

Quando si sposano le ragazze

Prophezeiungen und Rätsel

Die Prophezeiungen sind wahrscheinlich in den letzten Jahren entstanden, die Leonardo am Hofe der Sforza in Mailand verbrachte, und wurden ebenso wie die Schwänke zur Unterhaltung vorgetragen. Sie beruhen sehr oft auf Wortspielen, und der Witz liegt in den Antworten oder Erklärungen, die das Publikum erraten musste. Daher sind Leonardos Prophezeiungen eher Rätsel und Parodien auf die seinerzeit sehr beliebten «echten» Wahrsagungen.

Das Wasser des Meeres wird sich über die Gipfel der Berge in den Himmel erheben und auf die Wohnstätten der Menschen fallen.

Regenwolken

Man wird sehen, wie Väter ihre Töchter der Wollust der Männer opfern und sie belohnen und alle vorherige Vorsicht aufgeben.

Wenn die Töchter verheiratet werden

Le penne alzeranno gli uomini, come gli uccelli, verso il cielo.

Cioè per le lettere scritte da queste penne

Il vento passato attraverso le pelli degli animali farà danzare gli uomini.

Cioè la zampogna che fa ballare

A molti sarà tolto il cibo di bocca.

Ai forni

Appariranno grandissime figure in forma umana, le quali quanto più si avvicineranno, più diminuiranno la loro immensa grandezza.

Dell'ombra che fa l'uomo di notte con la lanterna

Tutte le cose che d'inverno sono nascoste sotto la neve saranno scoperte e visibili in estate.

Detta per la bugia che non può stare nascosta

Gli alberi e arbusti delle grandi foreste si trasformeranno in cenere

Dei legnami che bruciano

Gli animali d'acqua moriranno nelle acque bollenti.

I pesci lessi

Scenderà con furia dal cielo e ci darà nutrimento e luce.

Le olive che cadono dagli ulivi e ci danno l'olio per la lanterna

Die Federn werden die Menschen Vögeln gleich in den Himmel erheben.

Durch die Briefe, die mit diesen Federn geschrieben werden

Der Wind, der durch die Häute der Tiere geblasen wird, lässt die Menschen tanzen.

Der Dudelsack, der zum Tanz aufspielt

Vielen wird das Essen aus dem Mund genommen werden.

Den Öfen

Es werden riesige Gestalten in menschlicher Form erscheinen; je mehr sie sich dir nähern, desto geringer werden ihre Ausmaße.

Vom Schatten, den der Mensch nachts mittels einer Lampe wirft

All die Dinge, die im Winter unter dem Schnee verborgen sind, werden im Sommer aufgedeckt und sichtbar gemacht.

Wie die Lüge, die nicht geheim bleiben kann

Die Bäume und Sträucher der großen Wälder werden zu Asche verwandelt.

Brennendes Holz

Die Meerestiere werden in kochendem Wasser sterben.

Gedünstete Fische

Mit Wucht wird vom Himmel fallen, was uns Nahrung und Licht bringen wird.

Oliven, die von den Olivenbäumen fallen und uns mit Lampenöl versorgen

O cosa sporca, che si vedrà un animale che ha la lingua nel culo dell'altro!

Le lingue dei maiali e vitelli nelle budella

E si vedrà in gran parte del paese camminare sopra le pelli dei grandi animali

Delle suole delle scarpe che sono di bue

Gli uomini cammineranno e non si muoveranno, parleranno con chi non si trova, sentiranno chi non parla.

Del sognare

O quanti saranno quelli ai quali sarà proibito nascere!

Delle uova che essendo mangiate non possono fare i pulcini

In tutte le parti d'Europa sarà pianta da molti popoli la morte di un solo uomo.

Del pianto fatto il venerdì santo

Succederà che non si conoscerà la differenza fra i colori, anzi diventeranno tutti neri.

Della notte in cui non si conosce alcun colore

Quando nasce è molto piccolo e si farà presto grande. Questo non rispetterà alcuna cosa creata, anzi con la sua potenza tutte le cose saranno trasformate in altre cose.

Del fuoco

Was für eine Schweinerei – man wird sehen, wie ein Tier seine Zunge im Hintern des anderen hat!

Schweins- und Kalbszungen in Därmen

In vielen Teilen des Landes werden Menschen zu sehen sein, die auf den Häuten großer Tiere laufen.

Schuhsohlen aus Rinderhaut

Die Menschen werden laufen, sich aber nicht fortbewegen, sie werden mit jemandem sprechen, der nicht anwesend ist, und werden jemand sprechen hören, der nicht spricht.

Beim Träumen

Wie groß wird die Zahl derer sein, denen die Geburt verwehrt bleibt!

Eier, die gegessen werden und so keine Küken hervorbringen können

In allen Teilen Europas wird von vielen Völkern der Tod eines einzigen Mannes beweint.

Die Trauer am Karfreitag

Es wird geschehen, dass man den Unterschied zwischen den Farben nicht erkennen wird, sie werden sogar alle schwarz.

In der Nacht, in der man keine Farben erkennt

Es fängt klein an und wird schnell größer. Es wird nichts, was existiert, achten und durch seine Macht wird alles verwandelt werden.

Das Feuer

Gli uomini di remotissimi paesi si parleranno l'uno con l'altro e si risponderanno.

Dello scrivere delle lettere da un paese a un altro

Saranno molti che vorranno sapere ciò che fanno le donne nelle loro lussurie con sé e con gli altri uomini, e a queste meschine converrà che confessino apertamente tutte le loro segrete e vergognose opere e premiare gli ascoltatori delle loro misere e scellerate infamie. Le sfortunate donne andranno a confessare di propria volontà agli uomini tutte le loro lussurie e opere vergognose e segretissime.

Dei frati che confessano

Molti venderanno pubblicamente e pacificamente cose di grandissimo prezzo, senza la licenza del padrone, e che non furono mai di loro proprietà, né sotto la loro influenza, e a questo non provvederà la giustizia umana.

Del vendere il paradiso

E quanti saranno quelli che piangeranno i loro antichi morti, portando lumi a loro.

Del giorno dei morti

Gli uomini vedranno con piacere disfarsi e rompersi le loro opere.

I calzolari

Menschen, die weit voneinander entfernt wohnen, werden miteinander kommunizieren können.

Über das Briefeschreiben von einem Land ins andere

Etliche werden wissen wollen, was die Frauen mit sich und anderen Männern treiben, wenn sie unkeusch sind, und diese Unglücklichen müssen all ihre heimlichen und schändlichen Taten offenlegen und die Zuhörer mit ihren erbärmlichen und verruchten Schandtaten belohnen. Die unseligen Frauen werden den Männern freiwillig all ihre Unkeuschheiten und schändlichen und geheimen Taten schildern.

Mönche, die die Beichte abnehmen

Viele werden öffentlich und seelenruhig ohne die Erlaubnis des Besitzers Dinge von größtem Wert verkaufen, Dinge die ihnen nie gehörten und auch nicht zustanden, und die menschliche Gerechtigkeit wird nichts dagegen unternehmen.

Der Verkauf des Paradieses

Wie viele werden ihre längst verstorbenen Toten beweinen und ihnen Lichter bringen.

Am Totensonntag

Die Menschen werden mit Freuden zusehen, wie ihre Werke kaputtgehen.

Die Schuster

Ritornerà il tempo d'Erode, perché i figli innocenti saranno tolti alle loro balie e moriranno per le grandi ferite arrecate da uomini crudeli.

Capretti

Le pelli degli animali toglieranno gli uomini con grandi urla e bestemmie dal loro silenzio.

Le palle da gioco

Nel togliere la testa da questi, li si vedranno manifestamente crescere e rimettendo la testa sugli stessi si vedrà immediatamente diminuire la loro grandezza.

Del peso posto sul cuscino

Gli uomini sono talmente ingrati verso quelli che li accolgono senza chiedere alcun prezzo e di più saranno anche bastonati.

Del battere il letto per rifarlo

E saranno molti cacciatori di animali che più ne piglieranno meno ne avranno, e così, vice versa, più ne avranno quanti meno ne piglieranno.

Del pigliare dei pidocchi

Si vedranno forme e figure di uomini o di animali che seguiranno gli stessi animali e uomini dovunque fuggiranno.

Dell'ombra che si muove con l'uomo

Die Zeit des Herodes wird wiederkehren, alsdann werden unschuldige Kinder ihren Nährmüttern genommen und an schweren Verletzungen sterben, die grausame Menschen ihnen zugefügt haben.

Zicklein

Die Häute der Tiere entreißen die Menschen ihrem Schweigen, und sie schreien und fluchen sehr.

Bälle zum Spielen

Wird der Kopf, der auf diesen ruht, weggenommen, wird man sehen, wie sie augenscheinlich größer werden, und wird der Kopf wieder daraufgelegt, schrumpft ihre Größe sofort wieder.

Das Gewicht, das auf dem Kissen ruht

Die Menschen sind denen gegenüber undankbar, die sie beherbergen, ohne Geld zu verlangen, und noch dazu werden sie geschlagen.

Wenn das Bett aufgeschüttelt wird

Es wird viele Jäger geben, die, je mehr Tiere sie fangen, umso weniger davon haben werden, und umgekehrt werden sie umso mehr Tiere haben, je weniger sie fangen.

Vom Läusefangen

Man wird die Umrisse von Menschen oder Tieren sehen, die diesen Tieren oder Menschen folgen werden, wohin auch immer sie sich flüchten.

Der Schatten, der sich mit dem Menschen fortbewegt

Gli uomini batteranno aspramente chi sarà la causa della loro vita.

Batteranno il grano

Gli uomini getteranno via le proprie provviste.

Cioè seminando

I padroni mangeranno i propri lavoratori.

Dei buoi che si mangiano

Die Menschen werden das, was ihnen das Leben ermöglicht, schonungslos schlagen.

Sie werden das Korn dreschen

Die Menschen werden die eigenen Vorräte wegwerfen.

Beim Säen

Die Gutsbesitzer werden ihre eigenen Arbeiter verzehren.

Die Ochsen, die gegessen werden

Bestiario

Con il termine bestiario Leonardo raggruppava i suoi appunti sul comportamento e le caratteristiche di animali veri e fantastici. Queste descrizioni allegoriche avevano lo scopo di aiutare i pittori. Gli appunti risalgono probabilmente agli anni presso la corte degli Sforza.

Allegria

L'allegria è appropriata al gallo, che si rallegra di ogni piccola cosa e canta con vari e scherzosi movimenti.

Pace

Del castoro si legge che, quando è perseguito e non può più fuggire, per avere pace con i cacciatori che conoscono gli effetti medicinali dei sui testicoli, se li spacca con i suoi denti taglienti e li lascia ai suoi nemici.

Pazzia

I cacciatori, che sanno che il bue selvatico odia il colore rosso, addobbano di rosso il tronco di una pianta, e questo bue corre verso la pianta e con gran furia vi inchioda le corna cosicché i cacciatori lo uccidono.

Bestiarium

Unter dem Begriff *Bestiarium* fasste Leonardo seine Notizen über Verhalten und Charaktereigenschaften von Tieren und Fabelwesen zusammen. Diese allegorischen Beschreibungen waren als Hilfe für Maler gedacht. Sie sind vermutlich in der Zeit am Hofe der Sforza entstanden.

Fröhlichkeit

Die Fröhlichkeit ist charakteristisch für den Hahn, der sich über jede Kleinigkeit freut und variantenreich und munter singt.

Frieden

Über den Biber ist zu lesen: Wird er verfolgt und kann nicht mehr entkommen, so beißt er sich, um Ruhe vor dem Jäger zu haben, welche die heilende Wirkung seines Hoden kennen, diese mit seinen scharfen Zähnen ab und überlässt sie seinen Feinden.

Tollheit

Da die Jäger wissen, dass der wilde Ochse die Farbe rot hasst, verhüllen sie den Stamm einer Pflanze mit einem roten Tuch; der Ochse rennt darauf zu und rammt voller Wucht seine Hörner hinein, woraufhin die Jäger ihn töten können.

Bugia

La talpa ha gli occhi molto piccoli e sta sempre sotto terra, e tanto vive quanto essa sta nascosta, e, come viene alla luce, subito muore perché si fa nota. Così la bugia.

Forza

Il leone non ha mai paura, anzi con animo forte combatte fieramente contro la moltitudine dei cacciatori, sempre cercando di offendere il primo che l'offese.

Magnanimità

Il falcone non preda mai se non degli uccelli grossi, e prima si lascerebbe morire di fame piuttosto che cibarsi di piccoli uccelli o mangiare carne marcia.

Vanità

Il pavone è più che ogni altro animale soggetto a questo vizio, perché contempla sempre la bellezza della sua coda, allargandola in forma di ruota, e con il suo grido trae a sé la vista degli animali circostanti. E questo è l'ultimo vizio che si possa vincere.

Temperanza

Il cammello è l'animale più lussurioso che ci sia, e andrebbe mille miglia dietro a una cammella, ma

Lüge

Der Maulwurf hat sehr kleine Augen und lebt immer unter der Erde; er überlebt nur, solange er verborgen bleibt, sobald er ans Licht kommt, stirbt er, weil er sich zu erkennen gibt – so wie die Lüge.

Stärke

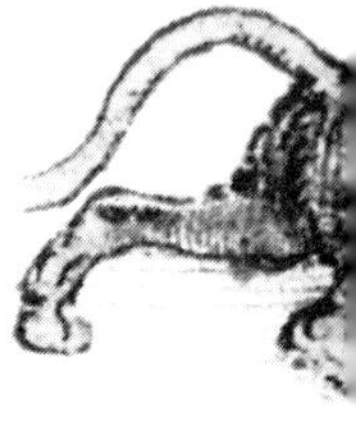

Der Löwe hat nie Furcht, er kämpft sogar mutig und stolz gegen die Übermacht der Jäger, wobei er stets versucht, den anzugreifen, der ihn zuerst angegriffen hat.

Großmut

Der Falke jagt ausschließlich große Vögel und würde eher sterben, als sich von kleinen Vögeln oder von faulendem Fleisch zu ernähren.

Eitelkeit

Der Pfau erliegt diesem Laster mehr als jedes andere Tier, weil er immerzu die Schönheit seines Schwanzes bewundert. Er breitet ihn in Form eines Rades aus und zieht mit seinem Schrei die Blicke der anderen Tiere auf sich. Das ist das größte Laster, das man überwinden kann.

Enthaltsamkeit

Das Kamel ist das unzüchtigste Tier, das es gibt, und würde einer Kameldame tausend Meilen folgen; die Mutter oder

se fosse continuamente con la madre o le sorelle, mai le toccherebbe, tanto si sa ben trattenere.

Umiltà

Il più grande esempio dell'umiltà si vede nell'agnello, il quale si sottomette a ogni animale, e quando questi sono dati per cibo ai leoni in gabbia, si sottomettono a loro come alla propria madre, in modo che si è visto spesso che i leoni non li vogliono uccidere.

Gola

L'avvoltoio è tanto tentato dalla gola che andrebbe mille miglia per mangiare una carogna e per questo segue gli eserciti.

Castità

La tortora non fa mai un torto al suo compagno, e se uno muore, l'altro osserva una castità perpetua, e non si posa mai su un ramo verde e non beve mai acqua chiara.

die Schwestern aber würde es nie anrühren, und wäre es ständig mit ihnen zusammen, so sehr kann es sich zügeln.

Demut

Das beste Beispiel für Demut bietet das Lamm, das sich jedem anderen Tier unterwirft. Werden Lämmer Löwen im Käfig zum Fraß vorgeworfen, fügen sie sich ihnen wie der eigenen Mutter, so dass man schon häufig beobachten konnte, dass die Löwen die Lämmer gar nicht töten wollen.

Gefräßigkeit

Der Geier ist so gefräßig, dass er tausend Meilen zurücklegen würde, um Aas zu fressen, weshalb er den Heeren folgt.

Keuschheit

Die Turteltaube fügt ihrem Partner niemals ein Leid zu, und wenn der eine stirbt, lebt der andere in beständiger Keuschheit und ruht sich weder auf einem grünen Ast aus noch trinkt er jemals klares Wasser.

Coccodrillo. Ipocrisia

Questo animale afferra l'uomo e subito l'uccide. Dopo che l'ha ucciso, con lamentevole voce e molte lacrime lo piange, e finito il lamento crudelmente lo divora. Così fa l'ipocrita che per ogni cosa lieve si riempie il viso di lacrime, mostrando un cuor di tigre, e si rallegra nel cuore del male altrui con volto pietoso.

Bruco. Della virtù in generale

Il bruco, che mediante lo studio tesse con mirabile bravura e prezioso lavoro intorno a sé la nuova abitazione, esce poi fuori da quella con le ali belle e dipinte, con cui si leva verso il cielo.

Lusinghe

La sirena canta così dolcemente che addormenta i marinai e poi sale sulle navi e uccide i marinai addormentati.

Verità

Benché le pernici si rubino le uova l'un l'altra, i figli, nati da queste uova, ritornano sempre dalla loro vera madre.

Krokodil. Heuchlerei

Dieses Tier fängt den Menschen und tötet ihn sofort. Nachdem es ihn getötet hat, beweint es ihn mit klagender Stimme, vergießt viele Tränen und verschlingt ihn anschließend erbarmungslos. So verhält sich auch der Heuchler, dem wegen jeder Kleinigkeit Tränen über das Gesicht laufen, der aber das Herz eines Tigers hat und sich innerlich am Leid anderer erfreut und dabei eine mitleidige Miene aufsetzt.

Raupe. Von der Tugend allgemein

Die Raupe, die durch Fleiß mit bewundernswerter Kunstfertigkeit und Feinarbeit um sich herum eine neue Behausung spinnt, verlässt diese dann mit wunderschönen bunten Flügeln, mit denen sie sich in den Himmel erhebt.

Verlockungen

Die Meerjungfrau singt so süß, dass es die Matrosen einschläfert, und so steigt sie auf die Schiffe und tötet die Schlafenden.

Wahrheit

Obwohl sich die Rebhühner gegenseitig die Eier stehlen, kehren die Jungen, wenn sie geschlüpft sind, immer zu ihrer wahren Mutter zurück.

Trattati

I Trattati costituiscono la più vasta parte dei testi leonardeschi. Prima di tutto c'è da menzionare il Trattato della Pittura, composto tra il 1489 e il 1518 e pubblicato la prima volta a Parigi nel 1651. Dato anche il suo grande interesse per le scienze Leonardo compilò anche molti scritti su temi delle scienze naturali e de l'architettura.

Dopo la morte di Leonardo questi scritti sparsi in vari manoscritti furono raccolti da un allievo. Gli storici dell'arte credono di poter identificare quell'allievo con Francesco Melzi a cui Leonardo aveva lasciato i suoi scritti e schizzi in eredità.

Dei muscoli che muovono la lingua

Nessuna parte del corpo ha bisogno di tanti muscoli quanto la lingua; ce ne sono ventiquattro noti, senza gli altri che ho trovato io. E di tutte le parti del corpo che si muovono con moto volontario, la lingua li supera tutti nel numero dei movimenti. E se tu volessi dire che il compito dell'occhio è quello di ricevere tutte le specie delle infinite figure e colori degli oggetti che osserva, e l'odorato dell'infinita mescolanza degli odori, e l'orecchio dei suoni, noi diremmo che la lingua sente ancora lei gli infiniti sapori semplici e composti.

Abhandlungen

Die Abhandlungen stellen den größten Teil der Texte Leonardos dar. Allen voran ist der Traktat über die Malerei zu erwähnen, der zwischen 1489 und 1518 entstand und zum ersten Mal im Jahre 1651 in Paris veröffentlicht wurde. Leonardos wissenschaftliches Interesse war jedoch breit gefächert, und so verfasste er auch umfangreiche Schriften zu Themen der Naturwissenschaften und der Architektur.

Nach dem Tode Leonardos wurden die Schriften, die sich auf verschiedene Manuskripte verstreut fanden, von einem seiner Schüler zusammengetragen. Die Kunsthistoriker glauben, es handle sich dabei um Francesco Melzi, dem Leonardo all seine Schriften und Skizzen hinterlassen hatte.

Von den Muskeln, welche die Zunge bewegen

Kein Körperteil benötigt so viele Muskeln wie die Zunge. Es gibt vierundzwanzig bekannte Muskeln, nicht mitgerechnet diejenigen, die ich gefunden habe. Und was die Anzahl der Bewegungen angeht, übertrifft die Zunge all die Körperteile, die willentlich bewegt werden. Wenn du aber vorbringst, dass die Aufgabe des Auges darin besteht, alle Erscheinungen von unzähligen Gestalten und Farben der Dinge, die es betrachtet, aufzunehmen, und dass der Geruch unzählige Mischungen von Düften und das Gehör von Tönen aufnimmt, werden wir vorbringen, dass auch die Zunge unzählige einfache und zusammengesetzte Geschmacksnuancen wahrnimmt.

Il volo

L'uccello è lo strumento che agisce per legge matematica. Questo strumento è in possesso dell'uomo per quanto riguarda tutti i suoi movimenti ma non possiede così tanta potenza come l'uccello e può solamente utilizzarlo per bilanciarsi. Dunque possiamo dire che tale strumento composto non manca all'uomo, ma gli manca l'anima dell'uccello, che bisogna che sia copiata dall'anima dell'uomo.

Dal Trattato della pittura

Il pittore, che ritrae per pratica e giudizio d'occhio senza ragione, è come lo specchio, che in sé imita tutte le cose contrapposte a sé, senza la conoscenza di esse.

L'occhio, che viene chiamato finestra dell'anima, è la principale via attraverso la quale il senso comune può magnificamente considerare le infinite opere di natura. [...] Se voi storiografi o poeti o altri matematici non aveste visto le cose con gli occhi, le potreste trascrivere male, visto che le scritture sono nate dalla pittura.

Per essere buoni conoscitori e disegnatori di attitudini e gesti per eseguire dei nudi è necessario per il pittore conoscere l'anatomia di nervi, ossa, muscoli e lacerti. Così egli può conoscere nei diversi

Der Vogelflug

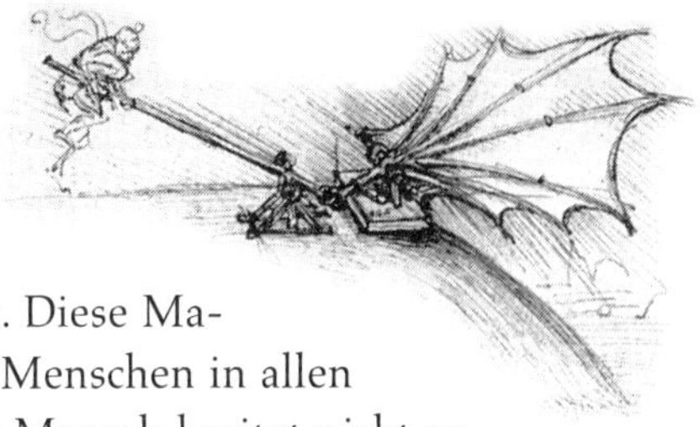

Der Vogel ist eine Maschine, die nach mathematischen Gesetzen arbeitet. Diese Maschine ist in der Gewalt des Menschen in allen ihren Bewegungen, aber der Mensch besitzt nicht so viel Kraft wie der Vogel und kann diese Maschine nur benutzen, um sich im Gleichgewicht zu halten. Wir können also sagen, dass dem Menschen nicht die so konstruierte Maschine fehlt, es fehlt ihm jedoch die Seele des Vogels, die von der Seele des Menschen nachgebildet werden müsste.

Aus dem Traktat über die Malerei

Der Maler, der nur nach seiner Erfahrung und dem Urteil des Auges ohne die Hilfe des Verstandes zeichnet, ist wie der Spiegel, der alle ihm vorgesetzten Objekte nachahmt, ohne sie zu verstehen.

Das Auge, das man das Fenster der Seele nennt, ist der Hauptzugang, dank dessen die sinnliche Wahrnehmung in wunderbarer Weise die unzähligen Werke der Natur betrachten kann. […] Wenn ihr Historiker oder Dichter oder Mathematiker die Dinge nicht mit den Augen gesehen hättet, könntet ihr sie nur schlecht beschreiben, da ja die Schriftzeichen aus der Malerei entstanden sind.

Um ein hinreichend guter Kenner und Zeichner von Haltungen und Gesten nackter Menschen zu sein, muss der Maler die Anatomie von Nerven, Knochen, Muskeln und Sehnen kennen. Dann kann er erkennen, welche Nerven

movimenti e forze quali nervi o muscoli sono sollecitati da tale movimento per poter evidenziare e

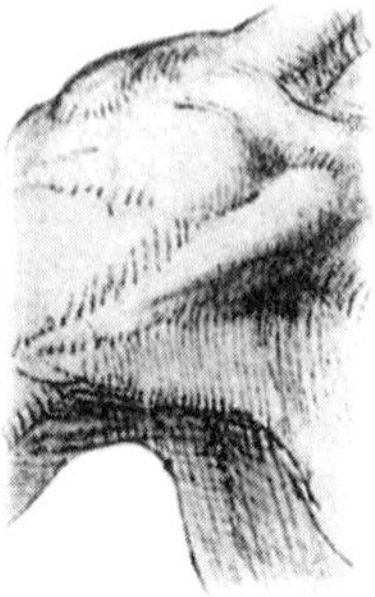

ingrossare solo questi e non tutti gli altri, come fanno molti che per sembrare grandi disegnatori disegnano i loro nudi legnosi e senza grazia, che sembra di vedere un sacco di noci al posto della superficie umana ovvero un fascio di ravanelli al posto di nudi muscolosi.

E tu, pittore, non sapendo disegnare le tue figure, sei come l'oratore che non sa utilizzare le sue parole.

Differenza fra la pittura e la poesia

La pittura è una poesia che si vede e non si sente, e la poesia è una pittura che si sente e non si vede.

La pittura è una poesia muta, e la poesia è una pittura cieca, e l'una e l'altra devono imitare la natura al meglio delle loro capacità.

Differenza tra la pittura e la scultura

Tra la pittura e la scultura non trovo altra differenza, se non ché lo scultore crea le sue opere con una maggior fatica corporale, mentre il pittore crea le sue opere con un maggior sforzo mentale.

oder Muskeln bei den verschiedenen Bewegungen und Anstrengungen angespannt sind, und damit auch nur diese hervorheben und anschwellen lassen und nicht auch alle anderen, wie es viele machen, die, um als große Zeichner zu erscheinen, ihre nackten Körper hölzern und ohne Anmut zeichnen, so dass man meint, einen Sack Nüsse statt einer menschlichen Gestalt oder ein Bündel Rettiche statt nackter muskulöser Körper zu sehen.

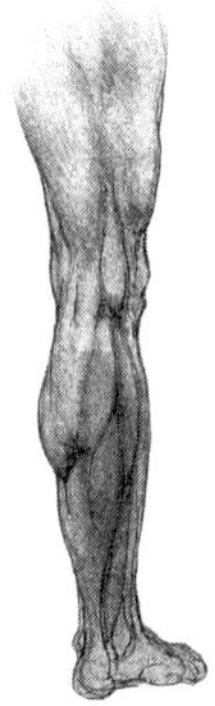

Und wenn du, Maler, deine Gestalten nicht zeichnen kannst, dann bist du wie der Redner, der seine Worte nicht zu verwenden weiß.

Unterschied zwischen Malerei und Dichtung

Das Gemälde ist ein Gedicht, das man sieht, aber nicht hört, und das Gedicht ist eine Gemälde, das man hört, aber nicht sieht.

Das Gemälde ist ein stummes Gedicht und das Gedicht ist ein blindes Gemälde; beide sollen die Natur, so gut es ihre Fähigkeiten erlauben, nachahmen.

Unterschied zwischen Malerei und Bildhauerei

Zwischen der Malerei und der Bildhauerei kann ich lediglich den Unterschied erkennen, dass der Bildhauer seine Werke unter größerer körperlicher Anstrengung und der Maler die seinen unter größerer geistiger Anstrengung ausführt.

Il pittore e lo scultore

Lo scultore afferma che la sua arte è più valida della pittura, perché è più eterna della pittura visto che teme meno l'umido, il fuoco, il caldo e il freddo.

Dell'imitazione dei pittori

Dico ai pittori che nessuno mai deve imitare la maniera di altri pittori, perché così sarà chiamato nipote e non figlio della natura; visto che le cose naturali esistono così abbondantemente, è meglio ricorrere alla natura che ai maestri, che da quella stessa hanno imparato.

Come si devono raffigurare i vecchi

I vecchi devono esser disegnati con movimenti lenti e pigri, con le gambe piegate sulle ginocchia quando stanno fermi, e i piedi pari e distanti uno dall'altro; devono essere inclinati in avanti, la testa chinata in avanti e le braccia non troppo distese.

Come si devono raffigurare le donne.

Si devono raffigurare le donne con atti vergognosi, le gambe strette insieme, le braccia raccolte, teste basse e piegate di lato.

Der Maler und der Bildhauer

Der Bildhauer behauptet, seine Kunstwerke seien denen der Malerei überlegen, weil sie dauerhafter sind, müssen sie doch die Feuchtigkeit, das Feuer, die Hitze und die Kälte weniger fürchten.

Über die Nachahmung der Maler

Ich sage den Malern, dass niemand je die Malweise eines anderen nachahmen soll, weil er sonst Enkel und nicht Sohn der Natur genannt würde. Angesichts der Tatsache, dass die natürlichen Dinge in solcher Fülle vorkommen, ist es besser, die Natur zum Vorbild zu nehmen als die Maler, die auch nur von ihr gelernt haben.

Wie man alte Menschen darstellen soll

Die Alten sollen mit langsamen und schleppenden Bewegungen gezeichnet werden, mit leicht angewinkelten Knien, wenn sie stillstehen, und Füßen, die parallel, aber nicht geschlossen sind. Sie sollen nach vorne gebeugt sein, den Kopf nach vorne geneigt und die Arme nicht zu weit ausgebreitet.

Wie man die Frauen darstellen soll

Man soll die Frauen in verschämten Posen darstellen, die Beine eng geschlossen, die Arme verschränkt, den Kopf gesenkt und zur Seite geneigt.

Modo di bene imparare a mente

Quando tu vorrai sapere una cosa studiata bene a mente, tieni questo modo: cioè quando tu hai disegnato la stessa cosa tante volte che ti paia averla a mente, prova a farla senza l'esempio; ed abbi lucidato sopra un vetro sottile e piano il suo esempio, e lo porrai sopra la cosa che hai fatto senza l'esempio; e nota bene dove il lucido non si scontra col tuo disegno; e dove trovi avere errato, lì tieni a mente di non errare più anzi ritorna all'esempio a ritrarre tante volte quella parte errata, che tu l'abbia bene nella immaginativa. E se per lucidare una cosa tu non potessi avere un vetro piano, togli una carta di capretto sottilissima e bene unta e poi seccata; e quando l'avrai adoperata per un disegno, potrai cancellarla colla spugna e fare il secondo.

Del massimo difetto dei pittori

Sommo difetto dei pittori è replicare i medesimi moti e medesimi volti e maniere di panni in una medesima storia, e fare la maggior parte dei volti che somigliano al loro maestro, la qual cosa mi ha provocato grande ammirazione perché ne ho conosciuti alcuni che in tutte le loro figure pareva si fossero ritratti al naturale; ed in quelle immagini si vedono queste movenze e i modi del loro fattore, e s'egli è pronto nel parlare e nei moti, le sue

Methode, sich etwas gut einzuprägen

Wenn du dir etwas, das du sorgfältig studiert hast, einprägen möchtest, halte dich an diese Methode: Wenn du nämlich eine Sache so oft gezeichnet hast, dass du meinst, sie auswendig zu können, versuche, sie ohne Modell auszuführen; pause dann das Modell auf eine feine und glatte Glasscheibe und lege diese über das, was du ohne Modell gemacht hast; markiere ganz genau, wo die Pause nicht mit deiner Zeichnung zusammenpasst. Präge dir die Stelle, an der du dich geirrt hast, gut ein, um dich nicht mehr zu irren. Kehre stattdessen zurück zum Modell und zeichne dieses fehlerhafte Stück so viele Male, dass du es fest in deiner Vorstellung hast. Und wenn du, um etwas abzupausen, keine glatte Scheibe bekommen kannst, nimm ein Blatt feinsten Ziegenleders, gut eingefettet und dann getrocknet, und wenn du es für eine Zeichnung benützt hast, kannst du es mit dem Schwamm abwischen und die zweite Zeichnung machen.

Über den größten Fehler der Maler

Größter Fehler der Maler ist es, die gleichen Bewegungen, gleichen Gesichter und gleichen Gewänder in ein und demselben Sujet zu wiederholen und den größten Teil der Gesichter so zu machen, dass sie ihrem Meister ähneln. Das hat bei mir große Verwunderung hervorgerufen, weil ich einige von ihnen gekannt habe, bei denen es den Anschein hatte, als hätten sie sich in allen ihren Gestalten selbst porträtiert. In diesen Bildern sieht man die Bewegungen und die Verhaltensweisen ihrer Schöpfer. Und wenn dieser lebhaft ist im Sprechen und in seinen Bewegungen, dann sind

figure sono il simile in prontitudine; e se il maestro è devoto, il simile paiono le figure con i loro colli torti; e se il maestro è da poco, le sue figure paiono la pigrizia ritratta al naturale; e se il maestro è sproporzionato, le sue figure sono simili.

Come lo specchio è il maestro dei pittori

Quando tu vuoi vedere se la pittura tutta insieme ha conformità con la cosa ritratta al naturale, abbi uno specchio, e favvi dentro specchiare la cosa viva, e paragona la cosa specchiata con la tua pittura, e considera bene se il soggetto dell'una e dell'altra similitudine abbiano conformità insieme.

Del vento dipinto

Nella figurazione del vento, oltre al piegar dei rami ed al rovesciar foglie verso l'avvenimento del vento, si devono raffigurare le nuvole con gli effetti del vento della sottile polvere mista con l'intorbidata aria.

Che cosa è un arco

Un arco non è altro che una fortezza causata da due debolezze, imperò che l'arco negli edifizi è composto di due quarti di cerchio, i quali quarti cerchi, ciascuno debolissimo per sé, desidera cadere, e opponendosi alla ruina l'uno dell'altro le due debolezze si convertono in unica fortezza.

seine Gestalten ihm ähnlich in ihrer Lebhaftigkeit, und wenn der Meister demütig ist, erwecken seine Gestalten den gleichen Anschein mit ihren gebogenen Hälsen, und wenn der Meister nicht viel wert ist, scheinen seine Gestalten die Faulheit in Person zu sein, und ist der Meister schlecht gebaut, sind es auch seine Gestalten.

Der Spiegel als Lehrer der Maler

Wenn du sehen möchtest, ob dein Gemälde mit dem nach der Natur gezeichneten Objekt übereinstimmt, nimm einen Spiegel zur Hand und spiegele darin den wirklichen Gegenstand, vergleiche das Spiegelbild mit deinem Gemälde und betrachte sorgfältig, ob das Objekt auf der einen und das Abbild auf der anderen Seite miteinander übereinstimmen.

Vom Malen des Windes

Beim Malen des Windes sollte man, abgesehen von vom Wind gebogenen Ästen und zerzausten Blättern auch die Wolken mit den Auswirkungen des Windes in dem feinen, mit der aufgewühlten Luft vermischten Staub malen.

Was ist ein Bogen?

Ein Bogen ist nichts anderes als eine Stärke, die durch zwei Schwächen verursacht wird, denn der Bogen in den Gebäuden besteht aus zwei Viertelkreisen. Für sich ist jeder Viertelkreis sehr schwach und neigt dazu zu fallen, aber da sie sich gegenseitig stützen, verwandeln sich die beiden Schwächen in eine einzige Stärke.

Dell'eguaglianza del peso degli archi

Poiché l'arco sia composto, quello rimane in equilibrio, imperò che tanto spinge l'uno l'altro, quanto l'altro l'uno; e se pesa più l'uno quarto cerchio che l'altro, quivi sia levata e negata la permanenza, imperò che il maggiore vincerà il minore peso.

Polemiche

Non ci può essere voce, dove non c'è movimento e percussione d'aria, non ci può essere percussione d'essa aria, dove non c'è strumento, non ci può essere strumento incorporeo. Essendo così, uno spirito non può avere né voce, né forma, né forza e, se piglierà corpo, non potrà penetrare, né entrare dove gli usci sono serrati. E se qualcuno dicesse: per aria congregata e ristretta insieme, lo spirito piglia i corpi di varie forme, e per quello strumento parla e muove con forza; a questa parte dico, che, dove non ci sono nervi e ossa, non ci può essere forza

Von der Ausgewogenheit des Gewichts der Bögen

Wenn dann der Bogen zusammengesetzt ist, bleibt er im Gleichgewicht, insofern sich der eine Viertelkreis gegen den anderen stemmt und umgekehrt; und wenn der eine Viertelkreis schwerer ist als der andere, so wird die Beständigkeit aufgehoben und zerstört, weil das größere Gewicht das kleinere besiegen wird.

Streitschriften

Es kann keine Stimme geben, wo keine Bewegung oder Erschütterung der Luft stattfindet. Es kann keine Erschütterung der Luft stattfinden, wo es kein Instrument gibt. Es kann kein Instrument ohne Körper geben. Da dies so ist, kann ein Geist weder Stimme noch Gestalt noch Kraft besitzen, und wenn er einen Körper annimmt, so wird er nirgends eindringen noch dort eintreten können, wo die Türen verschlossen sind. Und wenn jemand sagen würde, dass ein Geist durch Ansammlung und Verdichtung der Luft Körper von unterschiedlicher Gestalt annimmt und dank dieses Instruments spricht und Kraft aufbringt, um sich zu bewegen, so sage ich, dass dort, wo es weder Nerven noch Knochen

operata, in nessun movimento, fatto dagli immaginati spiriti. Fuggi dai precetti di quegli speculatori che le loro ragioni non sono confermate dall'esperienza.

Disputa «pro» e «contra» la legge di natura

Contra. – Perché la natura non ordinò che l'uno animale non vivesse della morte dell'altro?

Pro. – La natura essendo vaga e pigliando piacere del creare e fare continue vite e forme, perché conosce che sono accrescimento della sua materia terrestre, è volonterosa e più presta col suo creare che il tempo col suo consumare, e però ha ordinato che molti animali siano cibo l'uno dell'altro, e non soddisfacendo questo a simile desiderio, spesso manda fuori certi avvelenati e pestilenti vapori e continua peste sopra le grandi moltiplicazioni e congregazioni di animali, e massime sopra gli uomini che fanno grande accrescimento, perché altri animali non si cibano di loro, e tolto via le cagioni, mancheranno gli effetti.

gibt, es auch keine Kraft geben kann, die für irgendeine Bewegung von den vermeintlichen Geistern aufgewendet werden kann. Meide die Lehren jener Forscher, deren Beweisgründe nicht durch Erfahrung bestätigt werden.

Diskussion zum «Für» und «Wider» das Gesetz der Natur

Wider: Warum richtete die Natur es nicht ein, dass kein Tier vom Tod des anderen leben solle?

Für: Da die Natur unbeständig ist und Gefallen am Schaffen neuen Lebens und neuer Formen findet und da sie weiß, dass diese zur Vermehrung ihrer irdischen Materie beitragen, so ist sie begierig und schneller im Erschaffen als die Zeit im Zerstören; deshalb hat sie bestimmt, dass viele Tiere einander als Nahrung dienen sollen. Und da dies ein solches Bestreben nicht befriedigt, so entsendet sie häufig gewisse giftige und verpestende Dämpfe und anschließende Seuchen über die großen Vermehrungen und Ansammlungen der Tiere und vor allem über die Menschen, die sich schneller vermehren, da andere Lebewesen sich nicht von ihnen ernähren. Und werden die Ursachen aufgehoben, bleiben die Wirkungen aus.

Rebus

Leonardo amava gli indovinelli. Anche il suo nome lo trasformò in un rebus, disegnando un leone che arde (leone + ardo = Leonardo). Dato anche il suo interesse per la musica, usò molto spesso le note musicali nei suoi rebus – una tecnica conservata fino ai nostri giorni nell'enigmistica.

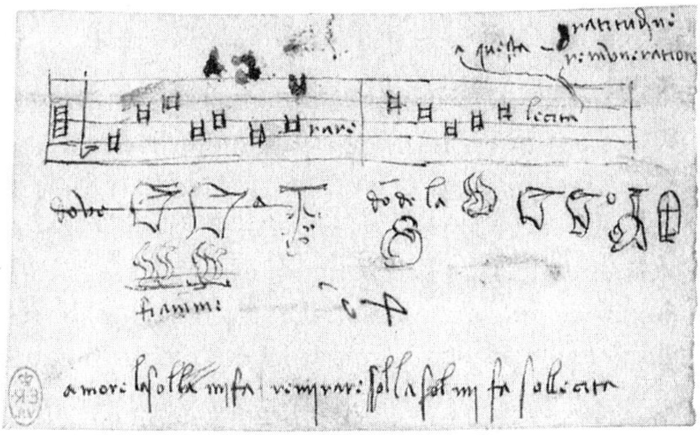

Dopo la chiave musicale Leonardo disegno un *amo,* seguito dalle note musicali *re sol la mi fa re mi* e poi ha aggiunto le lettere *rare*. Dopo la riga verticale si vedono le note musicali *la sol mi fa sol* e le lettere *lecita*.

Quindi risulta la frase: *Amore sol la mi fa remirare, la sol mi fa sollecita.* – Solo l'amore mi fa ricordare, solo l'amore mi sollecita

Bilderrätsel

Leonardo liebte Rätsel. Auch seinen Namen verwandelte er in ein Bilderrätsel, und stellte ihn als brennenden Löwen dar (*leone* = der Löwe/*ardo* vom Verb *ardere* = brennen). Da er sich sehr für Musik interessierte, benutzte er in vielen seiner Rätsel Noten – eine Technik, die auch heute noch in Gebrauch ist.

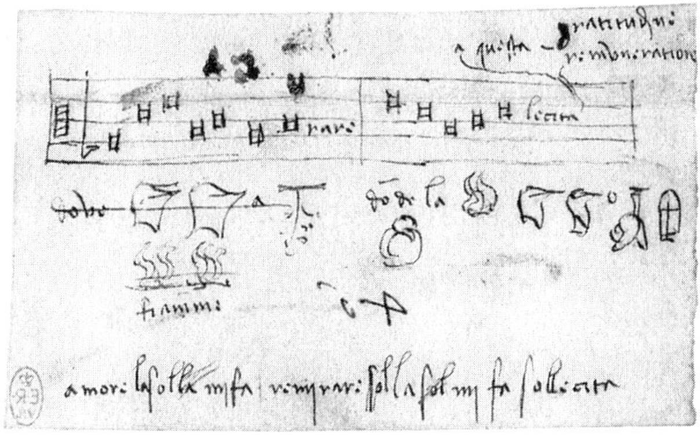

Nach dem Notenschlüssel hat Leonardo einen Angelhaken (ital.: *amo*) gezeichnet, gefolgt von den Noten *re sol la mi fa re mi* und den Buchstaben *rare.* Nach dem Längsstrich folgen die Noten *la sol mi fa sol* und die Buchstaben *lecita.*

Daraus ergibt sich der Satz: *Amore sol la mi fa remirare, la sol mi fa sollecita* – Nur die Liebe lässt mich erinnern, nur sie treibt mich voran.

Questo rebus comincia con la sequenza di lettere *che po*. In seguito Leonardo disegna un *osso*, le note musicali *fa* e *re*, una *sella*, due *mani intrecciate*, una *mina*, una *mitra*, le lettere *el* e per finire un *cuore*.

La frase che risulta è: *Che posso fare se la femina mi trae el cuore* – Che posso fare se la femmina mi trae il cuore.

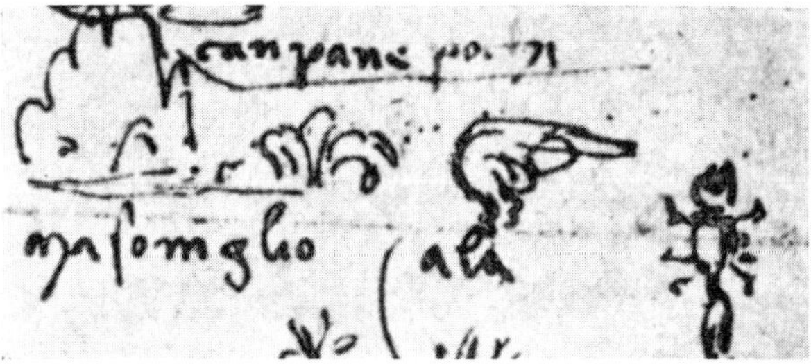

Qui un *masso* è seguito da *steli della pianta del miglio*, da un'*ala* e da una *formica*.

Così si può indovinare la seguente frase: *M'assomiglio alla formica*.

Dieser Rebus beginnt mit der Buchstabenfolge *che po*. Danach hat Leonardo einen Knochen (*osso*) gezeichnet, die Musiknoten *fa* und *re*, einen Sattel (*sella*), zwei ineinander verschlungene Hände (*mani intrecciate*), einen Messbecher (*mina*), einen Bischofshut (*mitra*), die Buchstaben *el* und zum Abschluss ein Herz (*cuore*).

Das ergibt den Satz: *Che posso fare se la femina mi trae el cuore* – Was kann ich tun, wenn die Frau mir das Herz entreißt.

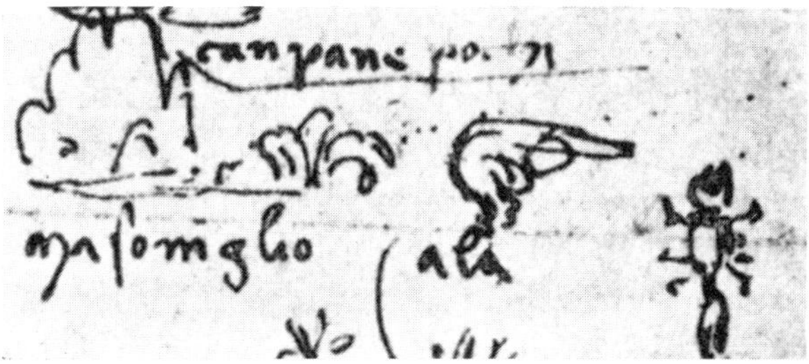

Hier folgen auf einen Felsblock (*masso*) die Stiele der Hirsepflanze (*steli di miglio*), ein Flügel (*ala*) und eine Ameise (*formica*).

Daraus lässt sich folgender Satz erschließen: *M'assomiglio alla formica* – Ich ähnele der Ameise.

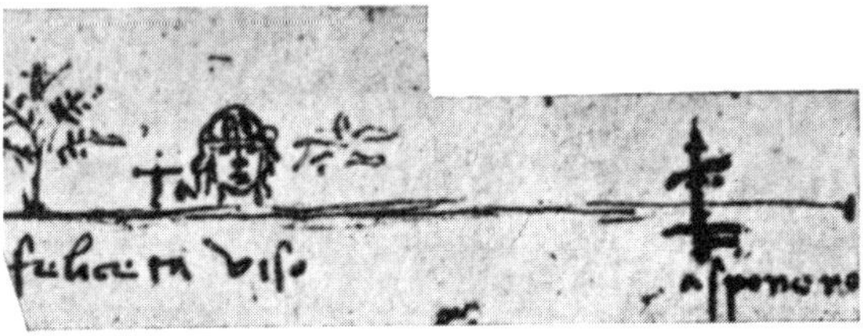

Dopo un *pero* Leonardo disegnò una *sella,* poi un *uomo con la vela* che simboleggia la fortuna, le note musicali *mi* e *fa,* una *felce,* le lettere *ta,* un *volto* e un *aspo di colore scuro.*

Quindi si può leggere: *Però se la fortuna mi fa felice tal viso asponerò* - Se la fortuna mi rende felice, tale viso esprimerò.

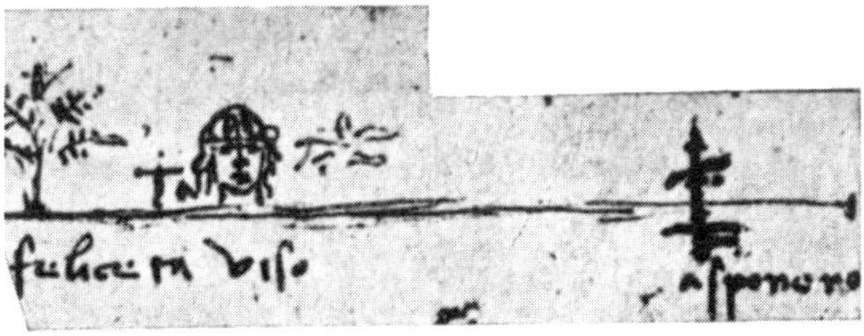

Nach einem Birnbaum (*pero*) hat Leonardo einen Sattel (*sella*) gezeichnet, dann einen Mann mit einem Segel, der das Glück (*fortuna*) symbolisiert, die Noten *mi* und *fa*, einen Farn (*felce*), die Buchstaben *ta*, ein Gesicht (*volto*) und eine schwarze Garnspule (*aspo nero*).

Man kann also lesen: *Però se la fortuna mi fa felice tal viso asponerò* – Aber wenn das Glück mir hold ist, werde ich solch ein Gesicht machen.

Hinweis der Redaktion

Da die Sprache Leonardos nicht mehr den Regeln des modernen Italienisch entspricht, wurden die Originaltexte dem heutigen Sprachgebrauch angepasst.

Bibliographischer Nachweis

Primärliteratur

Leonardo da Vinci: Aforismi. Florenz, 2004
Leonardo da Vinci: Favole e indovinelli. Florenz, 1995
Leonardo da Vinci: Philosophische Tagebücher. Herausgegeben von Ernesto Grassi. Hamburg 1958
Leonardo da Vinci: Prophecies and Other Literary Writings. London 2002
Leonardo da Vinci: Scritti. A cura di Carlo Vecce. Mailand 1992
Leonardo da Vinci: Scritti letterari. Herausgegeben von Augusto Marinoni. Mailand 1997
Leonardo: Scritti. Trattato della Pittura, Scritti letterari, Scritti scientifici. Herausgegeben von Jacopo Recupero. Rom 2002
Leonardo: Trattato della Pittura. Rom 2006
I rebus di Leonardo da Vinci. Herausgegeben von Augusto Marinoni. Florenz 1954

Sekundärliteratur

Bramley, Serge: Leonardo. The Artist and the Man. London 1992
Kemp, Martin J.: Leonardo. Nella mente del genio. Turin 2006
Meisterwerke Malerei kennen und verstehen. Band 2: Leonardo da Vinci. Hamburg 1990.
Nardini, Bruno: Vita di Leonardo. Florenz 2004
Nicholl, Charles: Leonardo da Vinci. The Flights of the Mind. London 2004
Pedretti, Carlo: The Literary Works of Leonardo da Vinci. Bd. II. A Commentary to Jean Paul Richter's Edition. Oxford 1977
Richter, J. P.: The Literary Works of Leonardo da Vinci Compiled and Edited from the Original Manuscripts. London 1883

Internetquellen

www.odyssee.net/pcbcr/vinci.html
www.thanatos.it
www.albertomelis.it
http://ilmiocielo.altervista
www.geocities.com
www.pelagus.org
www.wikipedia.org
www.tribenet.it
www.cantodellasfinge.net
www.pinu.it
www.sacred-texts.com

Ein Verzeichnis der zweisprachigen Reihe des dtv kann beim Verlag angefordert werden.

Deutscher Taschenbuch Verlag
Friedrichstraße 1a, 80801 München
www.dtv.de zweisprachig@dtv.de